江一燕

著×摄影

新版

我是爬行者小江

湖南文艺出版社
HUNAN LITERATURE AND ART PUBLISHING HOUSE

博集天卷
CS-BOOKY

蒙　蒙：

这几年电影、唱片、各种发布会、杂志大片，总能看到你。这样的美丽或者那样的风情，都脱不掉你那文艺青年的样子。如今，又多了一个写者的身份。

我为你取得的成绩和荣耀而欣慰，这是很多与你同龄的女孩子梦寐以求的。然而旁观者看到的你坐拥繁华，看不到的是背后的艰难压力。冰雪聪明的你，一定也有不少为此烦恼的时候。

娱乐圈一边是姹紫嫣红开遍，一边又是新人欢笑旧人愁，这其实没什么奇怪的，亘古如此，将来也不会有什么改变。要紧的是你是否能锻炼出宽容而平常的心。雨伞自己撑，包要自己拎，有机会走一走远路，用双脚去感激一下这片护佑你的土地，对身边的每一个为你在奔波忙碌的人说一声"谢谢"，很多人本没有义务为你服务，唯有你的尊重才会获得他们更多的支持。这也是佛说"佛田广种"的意思，如此，将来无论是花开花落，于你便总能从容应对。

我希望你总是能和现在一样，是快乐的、自由的、骄傲的。世界上本没有什么必然的成功模式，所以没有必要去模仿迎合，去谨小慎微。青春不需要任何人任何地方帮你安放，安放在自己的手心足矣。你唱歌

中国第一部胶片电视剧《我们无处安放的青春》中的
周爸爸和女儿蒙蒙

的时候她和你一起投入，你舞蹈的时候她和你一起怒放，你远行的时候她和你一起听风。每一个人，都会喜欢这样的你。

我希望你再忙，也要有时间读书和学习。韶光易逝，刹那芳华，皮相给你的充其量是数年的光鲜，但除此之外，你更需要的是你在一生中都能源源不断给你带来优雅和安宁的力量。不少演员费尽周折地美化自己的样子，我却宁可你花更多的时间来涵养你的才情。比如像现在这样，写一本书来记录和思想这些年来的奔跑进取，如同在上一趟旅行之后，下一趟旅行之前，拾拣满满当当的行李箱，扔掉一些不要的东西，送掉一些给朋友的礼物，留下一些以后还会需要的，珍藏一些刻骨铭心的，另外一定还有些东西，我们可以看到或者看不到，但对你来说已经成为历久弥坚的信仰。

年龄的差距，使我也许不能对于你们年轻人的一切都说理解，但这并不妨碍我被你的文字感染和打动。好像看一台你的演出，笑了也好，哭了也好，只要是充满真诚，总难免惹人疼爱。

我想未来你还会行走得更远，也会磨砺得更美好，如师如父，我愿始终都能给你满怀的祝福和坚实的守护。

《非典情人》编剧兼导演陈冲和她的女主角"秀秀"

　　小江是一个非常细腻和敏锐的观察者，她像一只勤劳的小蜜蜂在她所到的每一个地方采集画面、故事与感受。她也像一部精彩的公路电影中年轻的女主角，在浪迹天涯时留下了自己的足迹，也让那一片天涯改变了自己的人生。她书中尤其让我感动的是《大山中的微笑》那一章节，我想很少有女演员能在一个外景地和那里的人民用那么敞开的心灵和胸怀，得到那么真诚的融入和体验。我从来认为，经历、体验和思想比任何物质的拥有更宝贵。从这个角度来说，小江注定成为一个小富婆。

目 录

文艺爬爬：
悲伤和快乐一样美好

001

公益爬爬：
爱，是这个世界最美的风景

047

艺术爬爬：
没有风的日子里，梦想可以飞翔吗？

125

旅行爬爬：
把快乐留在心底，把悲伤遗忘在路上

165

卷毛爬爬：
可不可以不长大？

205

文艺爬爬：悲伤和快乐一样美好

短发

午夜的北京，朋友背影依稀散去。

见到久违的你，仿佛又看见自己那莽撞的青春。

时间都变了，怎记忆还有心跳？

就像听见老歌那般莫名。伤感。眼角的泪。

你说："你的短发，好看。"

我……

迷失的我就像是被忘却的舞步。

还好，这段情绪再不需要别人承担。

你，并不是那个你。

我怀念的，只是我的记忆。

红

红从未想过，这一别竟是二十年。

无论她躲到哪里，记忆都是剪不断的哀愁。如此刻淅淅沥沥的小雨，悄然而至又无声而去。

然，最可怕的对手往往就是那个已经离去的人。

记忆终结于美好，便要用一辈子去刷新。

那一年她二十岁。他大她二十岁。他们相遇在香榭丽舍。她请他为她拍一张照。

他按下第一张就没有停下来。

她真美。尤其是当夕阳透射着她的皮肤，二十岁的脸颊带着落霞般的红晕。

她的质地是纯棉的，简约而不简单。她的安静令对方狂热。他猜不透画面中的她在想什么。

而他的简单源于他的直接。她一眼就知道他在想什么。

此刻，巴黎下着小雨。疾驰而过的汽车溅湿了她的红裙。红气得嘟起嘴，一条蓬松的马尾辫在脑后甩来甩去。

路边的流浪乐手演奏着"chanson"（法语，歌曲、歌谣）。咖啡馆的小伞被风吹乱一角，却不失浪漫的气息。

她的忧伤配合着他的灿烂，空气中便分泌出一种名叫"爱情"的荷尔蒙。

只是，只字不提。

然后，她飞去了东京。他留在巴黎。

五个月后，红回到这家咖啡馆。门口的乐队依然演奏着这曲"chanson"。她并不知道自己为什么回来。也许只是想，想象。

她待了整整一天。直到乐队结束这日的最后一曲。出门的时候红裙被门边的圣诞树钓住。

我不知道自己
是不是爱你，
可我确定爱上你，
我就注定是孤独的……

——江一燕，摄于捷克

还是那副嘟嘴的表情。小心翼翼。

抬头的瞬间，红静止了。只有那条马尾辫在突然的静止中甩动着它的措手不及。

夕阳下的微笑。红的照片被挂在圣诞树的一角，背后写着："也许我们永远不会再相遇，但每年我都会来这里，在咖啡馆放一张你的照片，让所有人记住这美好的样子。"

因为这张照片，她搬到了巴黎。

她住在咖啡馆附近，靠写作为生。

楼下的乐手和咖啡店的老板都已经成了她的朋友。可是没有人知道她为什么来这里。

直到有一天，咖啡店的老板打电话给她，说有个男人拿着她的照片在店里喝咖啡。

她从窗户一眼就看到他。

红再也不能平静。她用最短的时间扎起马尾，换上他们相遇时的那条红裙。

他走出了咖啡馆。红在拐角屏住呼吸。

每一秒，每一次心跳，每一帧记忆都在此刻无限扩张，等待让她有被撕裂的勇气。

然而，她看见他穿过马路，拉起一位红衣女子的手转身离开。夕阳下，他们十指相扣的双手有一道闪电划破红的视线。

忽然一片漆黑。

什么也看不见了。

后来，红走遍了所有她知道和不知道的国家，遇到过很多爱她的男人。但每年总有几天她会回到巴黎，看一眼他为她留下的照片。

四十岁那年，红结婚了。她嫁给了一个对她好得不能再好的男人。尽管，她不够崇拜他。

她决定再回一次巴黎。最后一次。

这一次，她没有看见新照片。

红笑了笑，转身。

夕阳只剩最后一角，映衬她的美丽依然。

从一个女孩到一个女人。时间见证了她的爱情，爱情却让她错失了时间。

咖啡店的老板告诉她，明年店会关掉，因为他要和太太去乡村养老。这里也许会被转让，也许政府要建新楼。流浪乐手在一个雨夜悄然离世，走的时候很安详，脸上还留着他拉完最后一曲"chanson"时满意的微笑。

一切都结束了。人生真是不可思议。

红在桌上放了十欧元，准备下雨前离开。

她走到圣诞树前，小心翼翼，生怕枝杈钩到她的真丝红裙。正当她低头掸裙边时，一个男子匆匆进门，擦身而过的瞬间是一道锋利的光在刺痛她的皮肤。真丝红裙被划出印痕，她来不及嘟嘴，已失去知觉。

她看到的那道刺痛，正是二十年前照片上美丽的红。

时间在此刻才给了他们一个机会。

要停止也好，要回去也好。

可是，如何开始?

他离婚了。在来巴黎之前。太太怪他忘不了照片上的红。她扔掉了他买给她的所有红裙。

她说，你真傻。

他问红能不能再拍一张。

红看见他躲在相机背后的眼睛流泪了。

红嘟起嘴。一个四十岁的女人又寻回了二十岁少女般的天真。

她笑得真好看。

然后哭着说，我们回不去了。

想念，原来是不分距离的。

——MR.G，摄于博茨瓦纳

他们絮絮不止。

如同盘旋在赤裸身体周围的蚊子。那嗡嗡声喋喋不休，搅得人无法安宁。我试图用一张坚定的脸、一双茫然的手和一种拒绝的姿态来抵抗，但都无济于事，他们像纠缠不清的枝蔓彻底混乱了我的思绪。

空气里埋伏着窥视的眼睛，那目光犹如电流穿过我的身体，滚烫或者冰凉，险恶或者狂妄，似乎想要成为一种永恒。

于是，这个活生生的世界忽然间透露出一股悲凉。

一切无止境的遥远。

曾经热爱的、熟悉的、牵挂的，在眼前晃动着，却触不可及，就连每夜让我进行"暂时死亡"的木板床也渐渐陌生了。我们相互诧异着，似乎从没被对方占有过。

他们，一张张淡然的脸，没有血色，没有神情，只是在黑夜里纵情狂欢，放肆地显露丑恶的鬼脸。一时间，我无法用正确的言语来形容它们。在黑暗中，一切失去了原本的意义。

我被紧紧捆绑着。那憋闷的痛苦，无法解脱的烦躁，我想逃却动不了。我叫嚷着却无法发出任何声音。我在挣扎中寻找欲望，对爱，对生活，对灵魂隐匿的深处。

可是，人们依然陷入了一种为活着而活着的困境，**不懂爱的人唱着爱情，不真诚的人表演真诚**。其实，他们才是真正执迷不悟的魂灵。

他们追求所谓的快乐，却无情地伤害他们无法看清的美好事物。于是，一切被践踏得一片狼藉，空气浑浊地吞噬着人们的脸。我们再也找寻不到某种信任，抑或，爱。

我们靠着被扭曲的意念去批判，去蔑视一切，甚至还狂妄地把自己比喻成"上帝"，那么又有谁真正了解"上帝"的含义？

我们被迫处于一种茫然的状态，活得昏昏沉沉，像被人牵引着走入叛逆，还以为那是一种领悟。其实，我们真正需要的是进入彼此心房的钥匙。我们需要爱护，需要帮助，需要沟通与认知。

也许我们应该像上帝一样宽容，因为我们还活着，我们需要爱。

当你在窃窃私语，当你在伤害的时候，会有一束永恒的光，在黑暗来临之时，温暖你，指引你。

是的，也许那时我们看见了上帝。

然后，他忽然叫醒了人们惺忪的双眸。

天亮了，才发现，原来昨夜迷失在黑暗里。

请给我一粒安眠药，
天黑后告别我的失控。

——江一燕，摄于柏林

未知与未来

每个生命都有一些困惑吧。

时间也多少会改变某种坚持吧。

爱需要理由吗？

是他，或她，让悲观变成乐观主义。

历经迷失的人生会遇见最好的方向。

褪去浮华的身影简单而真实。

怎样的选择才一定正确？

心的愉悦不过是那些单纯的笑脸。

是那些人，

和那些小事。

相信心的能量，
宇宙会在原来只有墙的
地方为你敞开一扇窗。

——江一燕，摄于日本

一双翅膀，
和一个梦。
没有完美，
只有坚持。

——江一燕，摄于坦桑尼亚

DOUDOU评价我最多的一句是：过于柔软。

我知道。

这样的柔软，生活中，足够好了。

作为女演员，差一点，即差很多。

与世无争，也就没有了狠劲。什么都可以让给对方，也不计较先退步。

于是我就"江软软"了。

我笑自己怎么可以把什么都看得云淡风轻，在二十六岁的年纪。

不严肃地说是没心没肺。严肃的表达是过于早熟地看透尘世。

长官说有些人一聊就直奔目的，恨不得一步冲上云霄。当时我们都特不屑。

那又怎样？

事实证明，社会需要这样的"人才"。是我们太异类了。

可惜是我们！

不想接受访问，不想穿礼服出门，不喜欢应酬，不强颜欢笑。

可悲的是，这就是我每天要面对的工作。

常常想躲进另一个星球，只属于你的或者我自己的小世界。

可以永远这样安静地面对自由。

有一天小江没心情，同事关切地问，是不是因为别人都红了？

难道我们只是为了要红？

不，别为我担心。

我不认为那样会让我更快乐。

我的工作只是为了让我找到我自己。

请允许我做我自己。

不远

日子接近想象的健康。

写blog（博客），构思小说，英文课，游泳，瑜伽，和朋友小聚，回家看一部电影，听着音乐睡着。

我知道这样很好。

我告诉胡胡，我很想背包去流浪，一个人。如果再来一次，我的第一选择是做旅居作家。胡胡突然说，你今天穿得很像三毛……

**我不是红，我不是三毛，
我是爬行者小江。**

我爱电影。因为它比爱情永恒。

如果我像爱我的爱情那样爱我的电影……

如果，如果，

如果从来就没有来过。

刮五级大风那天，我站在公司的透明玻璃窗前眺望，居然觉得不远处像极了法国的乡村。

啊！可爱的北京。

同事问我傻笑什么，我说夕阳真美，他说你出去站风里就更"美"了。我才明白，其实美的不是风景，而是人的心境。

那一刻，他感受不到我看到的美好。

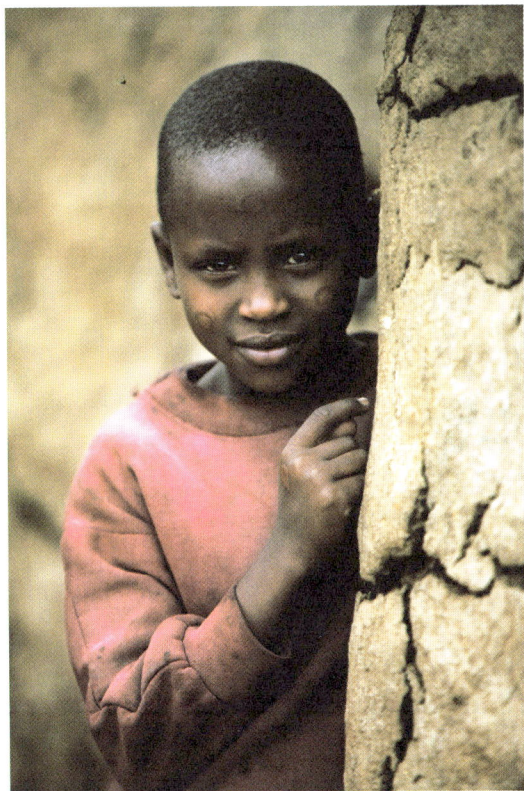

身在都市，心已远走。

——江一燕，摄于肯尼亚

小女孩。老男孩。

他从此消失不见。

小女孩萝莉至今也不知道他是从来没有爱过她，抑或是不爱她了。

当然，大多数人都祈求是后者。

即使，伤心的终点是一样的。

她倔强地对自己说："不，是我从来没有爱过他。"

必须让自己相信。就像他们做爱的时候，他不停地说："我爱你。"

那时候，小女孩感动得热泪盈眶。

现在她明白，他只是在努力说服自己。

也许至此以后，小女孩真的不再奢求男人的"我爱你"了。

这简单的三个字，内容千差万别。对于大部分男人来讲，说或者不说其实都一样。

然而，爱情有时会让人迸发出宁死不屈的英雄气概，即便明知会粉身碎骨。

二十岁的时候，这件事真比任何事都决绝。

在成年人看来，年轻经得起折腾。

小女孩折腾的是心，老男孩折腾的是身体。

萝莉的初恋是一个比她大九岁的男人。那一次，她痛得几乎死去，但重生后也渐渐学会协调与老男孩的关系。大多时候，相爱的意义在于为对方改变，而非改变对方。尽管那一次，她还是输了。

小女孩知道，其实老男孩比小男孩更自私。

他们的自私源于你终究无法绝对占有他，而小男孩总是希望你时刻占有他。

所以，萝莉说："放心吧，我不会缠着你，我只是喜欢和你做爱。"她说这句话的时候，不经意的表情透着骄傲。

爱情有时需要彼此拧巴，这样才可以让对方更刻骨地记住自己。这一句，便是老男孩教给她的。

果然，他为此非常不甘心。居然疯了一样想占有她，然后喘着粗气问："只是做爱吗？只是喜欢和我做爱吗？"

他们的灵魂和身体一次次交会，可小女孩依旧猜不透他到底有多爱她。

也许，这才是他真正吸引她的原因。

他们有时候亲昵得若血缘亲情，她会撒娇地坐在他腿上，双手勾着他的脖子喊"爸爸"。有时候，他又冷漠得让她不认识，他甚至当着她的面和别的女人卿卿我我。

他说，你必须有适应力。

他不希望小女孩占有他，但只有和她在一起，他才感觉到自己依然是个小男孩。

即使在公共场合，她也会大胆地把他拉到厕所，然后吻他。她会在人群中毫无顾忌地跳到他背上。她会和他在深夜的公路醉酒狂奔。直到最后，老男孩筋疲力尽地说了一句"死定了"，便倒头呼呼睡去。小女孩依然精神百倍，像匹不服输的小战马，爬到他身上看他睡着的样子。老男孩突然像个孩子一样哭了起来："求求你，让我睡觉吧。"

那一刻，小女孩觉得他可爱极了。

她赢了。

可她依然无法确定是否赢了他的心。

当我们忍不住和这个世界争论，我们发现的是自己的孩子气。

——江一燕，摄于德国

也许，只有结局是最好的证明。他转身走了。杳无音信。三年零一个月，不多不少。

她以为这一次她是有备而战，结果却还是输得一片狼藉。

萝莉没有哭。

她居然没有哭。

她下定决心，从此与老男孩绝缘。

小女孩萝莉渐渐恢复了正常的生活。她有了新的爱情，她的小男孩像个跟屁虫一样成天黏着她，他永远也猜不透她在想些什么，对她充满了好奇。

萝莉觉得爱情不再是一件疯狂的事，却很踏实。

只是偶尔，有那么几秒钟，她会突然想起老男孩：和朋友吃饭时，K歌到天亮时，洗澡时，一个人在公路流浪时……只因这些场景曾经都与他有关，哪怕只是瞬间。

她依然嬉笑怒骂着，与朋友们还有她的小男孩聊着无关于此的话题。

没有人知道此刻她心里正难过着，如果不是因为老男孩，她的青春不会这样痛彻心肺。但也无法懂得平静的意义。

总之，她不再是那个对爱如痴如狂的小女孩了。

萝莉。

猪的理想

天亮了，请允许我们白日梦。

——江一燕，摄于柏林

猪说，我们都太怕孤独，所以才会去流浪去寻找去爱。
你以流浪的名义让我相信了你的伟大。
有的人爱了一辈子，到头来却发现最爱的还是最初。
爱，真让人悲哀。

猪说，除了爱情我们还有理想。
没错！
理想在我的右肩膀，我晃动着左肩，想要甩掉有关你的记忆。
我用尽所有力气，原来，你的伟大嵌在皮肤里，是永恒的伤。

不，我们还有理想，
两只小猪手拉手。
理想在前方。
冲吧……
我们用一夜的晕眩，迎来黎明第一道曙光。

如果，这是回家的路……

——江一燕，摄于绍兴安昌古镇

醒来

　　冬天总是让人孤单。尤其当雪花飘落在脸颊，那原本带有一点点小惊喜的情绪流露得却像眼角的湿润，分不清是雪还是泪。

　　来过，又蒸发得无影无踪。

　　北京的天总是压抑得令人窒息，阴冷的寒气不经意间就会钻进骨头里，车窗外依然陈列着那么多面无表情的灵魂。

　　多么希望下一站是蓝色的爱琴海，粉色的桃花园，或者……

　　是寻找你的方向。

　　下雪了，想念……

北京，漂泊的家

在雨中站了半小时，等来的都是寂寞。

在北京的南方情结越来越严重，这样淅淅沥沥的小雨曾是我最深爱的南方记忆。

梦里不知身是客，一晌贪欢。

前一晚的狂欢夜，十年同甘共苦的老同学。

北漂了十年的愤青们，一个个把自己都喝高了。然后，在心里看见了最圆的月亮。

终归，大部分人都不愿北漂了。曾经的四姐妹，也是班里的四朵金花儿，如今老小已经移居上海，过着她那四层楼的舒坦日子。老三又变成了"巴西媳妇儿"，准备幸福地移民。老二小江天天做着她的南方梦，却与北方死磕着。微子，我们中间唯一一个在北京有了家的老大，却依然不适应北京。

还有的，要生了。还有的，腰从一尺九猛长到二尺六，下海了！

我们从小离开家，这十年里，大部分的中秋都是自己过的。我们常常会在这样的日子哭作一团，哭着哭着，也就成了一家人。

可如今，再聚首却是为了送别。

宝贝，你自己去了那么远的地方，我们怎么放心。你难过了，我如何能再抱着安抚你。

终归，我们都要一个人去走未来的路吧。

祝你幸福。

我们永远是最好的一家人。

电影学院2002级美女学士

北京舞蹈学院1998级歌舞班，我的家！

曾经的死党结婚了……

我爱你们！

一场大雨把心情淋透，寂寞而芬芳。

如同喝下一杯带汽的冰可乐，随而舒畅。

不用再踮着脚，不会再为一些侵蚀黯然神伤。

我们不能回头，我们只能前行。

简单看世界，世界就这么简单！

嘿……不许你再玷污我的努力。

我比你想象中简单。

是你复杂了我的单纯。

一个怎样的周遭不重要。重要的是，你确定自己要成为一个什么样的人。

所以，在哪里都一样，做什么都一样。

我喜欢小嘎牙村某某家大门上的那句箴言：凭劳动致富理直气壮。

我慢。但我爬得理直气壮……

我从来不会为了致富而去选择我不喜欢的角色，我也不会为了梦想而委曲求全。

我的富有是因为我一直只走自己想走的路，做自己喜欢做的事。

无关他人的嘲讽或轻蔑，无关结果，无关世俗。

我很感性,可是真实。

我说多了，可是必须要说。

最难的修行是在红尘中修炼并不染尘埃。——江一燕，摄于新疆

快乐是酒，慢乐是茶

总是有记者问我，为什么以"爬行者"自居？

总是有朋友问我，为什么我给他们的等待如此漫长？

昨天看到一本书，提到"慢乐是一种境界"。

我顿时找到了要给他们的答案。

快乐是快意，稍纵即逝；慢乐是享受，持久弥新。

能够冷静地领略生命的从容，亦不是每个人都可以做到的洒脱。

陶子有一首歌叫《走路去纽约》，每次在旅途中都能想起来。

当我们开始为生活而疲于奔命，生活就已经远离我们而去。

有时，要学会放弃。

简单到只被一首老歌、一个背影、一首小诗、一句问候而打动。

这样的生活，才是美好的生活。因为平淡中，心是滚烫的。

在爬行中感悟，早已是我习惯的方式。

我不在意慢得失去速度，却害怕在飞行中迷失自主。

邻居Becky

Becky说，我们活得很痛苦，因为我们都属于自我批判者。对自己的好永远不满足，对自己犯一点错又不可宽恕。

Becky比我大十二岁，还留着一脸女文青的模样。喜欢音乐、电影、读书，喜欢理想，永远都憧憬着爱情。

阳光下，一杯淡香的菊花茶，一抹忧伤穿越手中的文字。

此刻，我的邻居Becky，你是否也正感受着生命的喜与悲。

眼前的小花蕾绽放新生命，远处的大海宽广若你的胸怀。似乎每一处落入眼帘的景象都可掀起内心的波澜。我们是世间的一类人，敏感，太敏感。

在佛的境界中，我们要学习内心的平静，不为得到而狂喜，也不为失去而悲切。因为这个世界根本就不存在完美的事物，错误的执着追求正是我们烦恼痛苦的根源。

然而，世间万物都若此。没有感受过失落和纠结，又怎会明了此刻的平静和拥有。

所有历经的喜与悲，终化为今日的懂得。

时间将停留在哪一秒？

不，每一秒对我们来说都将是永恒。

因为时间不可复制。现在，即最美妙的一瞬。

——江一燕，摄于柏林

吻

　　麦甜失眠了几夜。因为，他吻了她。

　　在一场狂欢派对里，每个人都卸下白日的面具和内心的掩饰，除了高兴还是高兴。人们都喝大了。她不停地抽着烟，仿佛与那个平素端庄矜持的女子毫无干系。他从黑暗中走过来，摸了摸她的头："别想太多。"

　　"我觉得好累。"此刻，麦甜真想有一个肩膀解围，或者是被紧紧拥抱着。她需要一股强有力的能量帮助她释放忧伤。她是个多么需要被保护和宠爱的女子。只是喝大了，她也依然佯装很坚强。"我可以哦！"她努力笑得灿烂，也用手摸了摸他的头。忽然，那一刻，他们感受到从未有过的熟悉。眼前这个人，在黑暗中，竟然触碰到她深邃而隐匿的灵魂。

　　爱情是一种多么复杂的人性形式。而人与人之间的情感关系要如何才能阐述透彻？越熟悉的两个人常常越陌生，越陌生的人有时候却可以懂得你。

　　她迷茫了，只是这一刻，她觉得已被他看透，再掩饰也多余。

　　黑夜里，一群喝大了的人，脱下伪装相互依偎和安慰。女朋友搂着她，情歌唱了一遍又一遍。他坐在她的左边，也伸手搂紧她。三个人仿佛回到童年，身体摇摆在如夜的微风和迷醉中。当她脑袋摇摆到与他最近距离时，麦甜用鼻子轻轻闻了闻。他身上的味道真奇特，有着某种水果的甜味与男性荷尔蒙混合的香。她继续闻着，那味道又仿佛化作曾经伴她入眠的气息。她忍不住凑近他的脖子，不知不觉已贴在他耳根。

"你知道吗？我和我先生已经半年没做爱了，没有时间，也没有情绪。这很可笑，对不对？婚姻就像一把冰刀，把两个原本热烈的人磨成了陌生人。"

"你还爱他吗？"

"越渴望爱越孤独。"

他不知道如何安慰，只是用手握紧了她的肩头。

有多久没有这样一双手感知过自己的身体和温度，让她觉得仍是被爱的。她几乎想亲吻他衬衣与发间的肌肤，想放肆地忘记自己是谁。然而，那微弱的清醒和成年人的理智指使她的身体逃去另一边与女朋友们谈笑欢唱。

她不敢再看他。仿佛忘记了他的存在。但她其实又侧耳倾听着，他唱歌时的声音很可爱，真诚却又不标准的发音着实像个刚学会唱歌的小男孩。她还偷瞄到他与女友们聊天，她有点紧张，但身体里突然蹦出另一个麦甜，恶狠狠地对她说："关你屁事！"

一会儿，她像哥们儿似的举杯，一个一个对碰。碰到那一杯，她没抬眼，只一声已喝到吐字不清地"干了"。她傻傻灌下一满杯，一滴不剩。她透过玻璃杯看见他，他变成无数个他，冲着她微笑。她问自己，你是真醉了还是假晕呢？管他呢！总之好开心，莫名其妙的，好久未来过的快乐。

她跄跄地走出K房，往隔壁洗手间飘去。总算可以透一口气了，看看自己是不是早已成了熊猫眼，还笑得那么傻。"麦甜，你这个傻瓜！"她晕眩着推开厕所门，眼前的一幕差点让她晕倒。她顿时不知所措地看着他。

"你怎么上厕所也不锁门呀？"他还没有来得及说对不起，她已经转身。他突然一把拉过她，将厕所门关上。在她未反应时已吮住她的双唇。

麦甜事后努力回想那一刻，他们在厕所待了多久已无从知晓，直到女朋友来敲门找寻。她恨自己着实有点记不清了，可她又舍不得那时的一分一秒。她

我是快乐的，我是悲伤的，我是美好的。

——江一燕，摄于澳大利亚

努力回想，她记起他睁开眼睛看过他，又被他的吻灌醉，她感受到他舌尖的温度和他的双手抚过她手臂的亲昵，他停下来看她一眼，又止不住靠近，两人的身体滚烫得仿若要融合在一起。

她后悔当时怎未说一句，请别忘了……这个吻。

女友们在门外使劲敲门，以为麦甜吐了。麦甜推开他，他又抱回她柔软的身体。他吻得让她忘记了时间、真相、理智，还有……没办法想那么多了。如果生活可以永远不顾及那么多该多好。

麦甜走出厕所的那一刻，直接晕倒在了K房的沙发上。自此断篇儿。

第二天，麦甜到下午才醒来。老公不无关心地来了一个电话："昨晚怎么喝那么多？千叶还打来电话说她老公在车上睡了一夜。你们这些同事也够疯的。晚上要不要和他们一起吃饭？我好不容易有点空。"

麦甜起床，梳妆。虽然仍有些头晕，脸也肿了，可她却从未如此期待这次的聚会。她挑了件白色的连衣裙，三十岁的她看起来依旧很清纯，只是眉宇间多了些伤感和无奈。

麦甜的老公和他的太太千叶是发小，而麦甜和他又在同一家公司上班。他们互相熟悉又陌生，忽远又忽近。他来晚了，这让麦甜接连去了好几趟厕所，担心自己今天看起来是不是很糟。他隔着太太坐在她斜对面，席间还有他们共同的朋友。"你好点了吗？"她多希望他能多问几句，或者是客套之外别的关心。但他们没有再对话。她只是听到他抱歉地对友人说着自己昨天喝太多了。她的余光好像感觉到他的一丝注目，他是在对自己道歉吗？还是他根本就忘了……那个吻？

太太千叶忙着给大伙儿夹菜，嘴里还唠叨着："少喝点，喝多了会出问题的！"大伙儿你一言我一语，又是欢庆又是家常好不热闹。只有麦甜，这顿饭吃得五味杂陈。她觉得自己似乎有点失控地企盼着什么，又害怕真的会有什么，又能有什么？也许他今天已经毫无感觉了。

　　麦甜想，算了吧，如果他是不负责任的男人，又为何要喜欢他？他应该是一个好丈夫，是一个好爸爸，他……为什么？！麦甜突然希望他不是。

　　她好像一个坐立不安的小女孩，却偏要摆出成年人的冷静姿态。也许她想说什么，却始终没有再看他。她在心里骂自己："你大方点嘛，大方点，像往常一样。"

　　饭后，太太千叶建议大伙儿去茶楼再玩一会儿。麦甜借口自己累了想回家。丈夫好似没听见。

　　"那行吧，叫他顺道送你，反正今晚他要回家哄女儿睡觉的。"她看着千叶，心想他太太真是个贤惠的女子。能干又大气。"哎，也顺道捎我，我也不去了。"另一个朋友小王住在麦甜家隔壁的一幢楼。

　　三人同路。小王一直聊个不停。麦甜头倚着窗，心里想着这样的故事会有什么结局。她发现他有从反光镜里看过她。那一眼让她似乎又坠进了昨夜的梦幻，像个少女似的期待着王子会向她表白，或是勇敢地在清醒的时候给她一个真实的吻。

　　她渴望有温度的爱情冲破麻木的日复一日的生活，让她重新醒过来。她觉得好孤独，她渴望有一个人会在睡前不舍关灯想看她的样子。会在早晨出门时返回来补上一个吻，若昨夜的激烈与神秘。"麦甜！"她喊了自己一声。这是生活，生活和爱情是两个世界。爱情终是要输给时间的。

　　车开到小王家楼下，小王仍在絮叨："呀，先送我了，谢谢啦，赶明儿再一块儿聚啊。麦甜，你老公多优秀呀，你们得抓紧向千叶他们学习也赶紧生一个……"话还没说完，车已上离合走了。麦甜想说点什么，他先开了口："昨晚不好意思呀，喝多了……"麦甜多希望他不要解释，解释是无力的掩饰。她努力想赤裸裸地说出真心话，哪怕会被伤得无地自容。但另一个麦甜伸手掐住她的思绪，冷冷地替她说了一句："没事的，我都断篇儿了，完全不知道怎么回来的。"她听见那个几乎令人窒息的冰冷的回答从自己口中而出，是无法挣脱的事实。

她输了。于自己，于理想，她也安全了。于生活，于爱情，亦如此。

那个柔软的她无声地落下眼泪，那个理智又倔强的她毫无表情地抵抗着。

下车的时候，他礼貌地站在车边要送她。"别送了！""你抽烟的样子很好看，但以后别抽了，对身体不好。"这样的关心让麦甜心里一阵酸楚。时间在静止了两三秒之后，她才努力地说出同事一般平静的口吻："别光说我，你也是！"

她挥手要说再见，他却张开双臂。她被他拥在怀里，却无法再有更多情绪。麦甜在心里悄悄说："我希望你好好的。"

也许，有一种喜欢，是希望对方永远都可以好好的。与占有无关，也就不会落入尘俗。她迅速离开了他的身体。不，是她根本没敢太贴近他的身体。今天，她并没有嗅到他的味道，也没有感知到他的温度。没有酒精，生活清醒得若白开水。控制，是成年人日常的必修课。

翌日，麦甜像往常一样起床，为老公做早餐，然后上班，和同事们午餐。人们礼貌地擦肩而过，友好地相遇。偶尔，她也会觉得乏味，偶尔会想起，也会孤单。但，那又算什么呢？每个人都必须在自己应有的生活轨道里前行。稍有差错，就是大错。年轻的错也许不是错，可我们疯狂的青春已渐渐遗落在时光与现实的交错中……

也许未来还会在意识里与某个人谈恋爱，但行为始终要遵守着成人的法则。爱情要向生活妥协，理想亦要同现实妥协。

麦甜失眠了好几夜。

为三十岁那个吻。

但她知道，什么也不会再发生。

离别前，出乎意料地平静，好像永远不会离别一样。

我知道，即使我不在你身边，灵魂也随你而去了。

黑暗中我们相拥。我的泪沁入你的皮肤，它们是否能愈合你的伤痛？

我们用一夜的沉默回忆了无数个日日夜夜。

你说爱上我，是因为我说，**可能我们都寂寞**。

那时候，你处于一段无法前行的爱情。那时候，我对爱情筋疲力尽。

我们就这样走进对方的空缺。可那时我未曾意识到，我已经无法再属于任何人，包括我自己。

我说，没有人会比你对我更好。你说，曾经的她也这样说过。我才明白你最大的缺点也是唯一的缺点就是对爱的人太好。

把爱人宠坏了。

如果，我能给你多一些的爱该多好。如果，我能再多为你做些什么……

没有机会了。

那天你送我到机场，你吻了我。你的难过从来不说。你看着我走远，我的每一步都这样安全。

我爱你。高于爱情，友情，亲情。

我爱你。比时间，比生死，比永恒更远。

我爱你。请记住，我爱你。

白 芝麻

他看见她的时候，好像刚从梦中醒来。

她的眼睛深邃而清澈，乌黑的眼眸像一块巨大的磁铁吸附着四周所有的窥视。人们不敢看她，因为看见，就会爱上她。

那一年，芝麻刚满十九岁。炎热的夏季，按捺不住少年身体里滚烫的欲望，可是他看见白的时候，却突然纯净如一汪清泉。而白是海，已将他彻底吞没。

尽管英俊少年风流倜傥，可当人们把他推到白面前，他却一句话都吐不出来。身后一阵阵沸腾的欢呼起哄，芝麻的脸红得像枚熟透的苹果。他们就这样相视了几秒。芝麻事后想，看见了她的眼睛，这一辈子，也就再无所求。

几天后，他站在排练场门口发呆。一个白色的身影从他身边掠过，芝麻浪迹数日的魂"嗖"地一下被击醒。他再也不能沉默了，突然生出千万种表达，他跑上去拦住她。

他真的没有想到，世间竟有这样的女子能让一个天不怕地不怕的汉子瞬间变得如此迟钝。芝麻可笑地将双臂张在空中，眉头紧锁，不停地咽唾沫。身体狼狈得像抽了筋，完全僵硬。

"你要做什么呀？"白用浓浓的南方口音问他。

他在她的眼神里读到千千万万种美好，而最让他酥软的是一丝如江南小雨般的忧伤。

"我……我就想和你说话，可……可忘了要说什么！"

"……上次你也没说，还躲在侧幕看了半天，你到底要做什么呀？"

"我……我……我带你去西湖吧……"

那天晚上，芝麻真的带着白去了西湖。

他们彼此坐得很远，中间隔了好几条长凳。芝麻远远望着她，却有一种莫名的幸福感。

西湖真美，却不及白。尤其是当她穿着白色的连衣裙在台中央翩翩起舞时，所有人都惊呆了。

演出结束了。白随着文工团回到温城，芝麻则开始了他漫长的暑假。

这期间，他们通过一个长途电话。芝麻告诉白，他考上了上海最好的大学。白说，她就要移民法国。

然后，是长久的沉默。

他们相互祝贺了一下，挂断电话。

月底，芝麻的几个狐朋狗友因为倒卖假货而被扣留温城，芝麻想到了白。

白很快答应帮忙。几天后，芝麻坐着长途汽车赶往温城。十小时后到站，芝麻已是蓬头垢面，而在接站的人群中，他一眼就看到白。

一身白色的法国西装，一头披肩波浪长发。她太耀眼了，甚至与那个年代那群人格格不入。

那是他们最美的一段日子。他们相爱了。白比芝麻大很多，并且，她还是一个单身母亲。

每天早晨，白都会早早地起床，为芝麻和她五岁的儿子做早餐。然后，一个人坐在有阳光的木榻上看报纸。

她是一个有情调的女人。芝麻完全不介意她已经是个母亲。白身上浓浓的母性和少女般的纯真混合在一起，令芝麻迷恋得如醉似痴。他知道他完了，这辈子，非她不可。

他们三个人一起去凤凰照相馆照了一张"全家福"。

芝麻回到杭州，与家中闹翻了。父母看到那张全家福差点没昏过去。在那个年代，爱上一个比自己大六岁的单身母亲，简直是败家之举。

芝麻的父母都是高干，这件事被传得沸沸扬扬，父母都受到牵连。为此，芝麻的姐姐还写了一沓如书本般厚的信塞在芝麻的枕头底下。大概说的是，如果他不与那个女子断绝来往，她与他从此便不是姐弟。

在爱情里，人的大脑往往是未发育完全的"冲动体"，很多人也是事后回忆起才会惊叹，那时候怎会有这样的勇气？芝麻什么也顾及不了了。他确信，即使是死也无法隔断他与白的情感。

他每天疯狂地给白写信，常常是刚把一封塞进邮筒又跑回家接着写第二封。

1983年，"严打"最激烈的时候，芝麻为此被关在调查小组审问了整整一星期，最后还是父母把他带回了家。白因为无法承受周围的压力以及闲言碎语对儿子的影响，最终选择离开，飞去法国。

芝麻永远忘不了，那年他们最后一次见面，白去长途车站送他。车开动后，她骑着24女式自行车追赶芝麻，一路上眼泪和长发随风飘散。芝麻远远看着她，眼睛也模糊到只能看见那身白色的长裙。

白边骑边喊："等我，等我来接你……"

她根本忘了，芝麻什么也听不到。

芝麻当时无法想象，人的情感原来是那么脆弱。

记忆到此，其实已经是完美的。

若相爱的两个人真的可以相守，那最初的轰轰烈烈又是否可以延续？而事实上，再好的东西，例如爱情，一旦拥有也就意味着失去。

芝麻的大学生活和所有人一样，充满了激情和对未来的无限憧憬。他从一个懵懂的小男孩慢慢地蜕变，成长。

大四那年，突然有个国际长途打到传达室。芝麻一晃神，大概已经想不到是曾经那个让他爱得山崩地裂的白。

"我到上海了，我们一起吃个饭吧！"

芝麻并没有忘记白。一开始他还给白写很多信。但时间总是有能量隔断记

要历经多少悲伤，
我们才能坦然面对离别。

——江一燕，摄于日本

忆与情感，即使再坚定的信念也会慢慢蒸发，等到再可以感觉已无法触摸了。

芝麻想来想去，还是带着他的大学女朋友一起去了。他们在上海最好的顶层旋转餐厅见面。白很意外芝麻为什么不是一个人来。芝麻看见白的时候也已经不太能确信面前这个略显富态的女人是他曾用生命爱过的。

饭后，他们一起去了白住的酒店。

白像个大姐姐似的翻箱倒柜，找出几条裙子送给芝麻的女朋友，还一边叨咕："你看看，都没提前告诉我有女朋友，要不我肯定得多准备些礼物带回来啊，快去试试合不合身！"

在芝麻女朋友去换衣服的同时，白打开十几个箱子，里面全是给芝麻买的衣物，并且递给他一个大信封，里面是替芝麻办好的所有法国移民手续。

芝麻看着她的眼睛，许久说不出话来。

白的眼泪似一滴清泉悄悄拍打了芝麻的头顶，不小心沁入他的皮肤，芝麻感觉到白的忧伤。

她亲吻了他。他怎么还像个孩子。白笑了。

她其实，还是那么美。

很多年后，芝麻的太太还会忍不住问："白这么美，她那么爱你，你那时候为什么要放弃她？"

芝麻总是沉默，一如他最初见到白时的无言。

2003年，白的儿子回到中国。他亲手将母亲的遗物交给了芝麻。此时，芝麻已经是两个孩子的父亲。

盒子里有一张1983年他们三个人的"全家福"，以及白写给芝麻的所有的信。

2003年7月31日，白这样写道：

还记得这个日子吗？你坐了十几个小时的长途汽车来到温城，我去车站接你。你看到我时什么也没说就紧紧拥抱了我。你的身体很僵硬，却那么有力量地将我举在空中。我当时想，大概，我走不了了。

如果那时候真的没走，我们会不会还在一起？

如果，如果……我不恨你。

其实，我也不确定自己有多爱你。可是，爱上你，我就注定是孤独的。

2003年7月31日晚，白因癌症去世于法国南部的一个乡村。她终身未嫁，生前和儿子在法国经营一个小花铺。

人们常常看到她穿着一身白色的连衣裙，在将满屋鲜花修剪好之后，静静地坐在一张有阳光的木榻上，满脸红扑扑的，给某人写信。

谨以此献给漂泊在茫茫大海中的白　芝麻

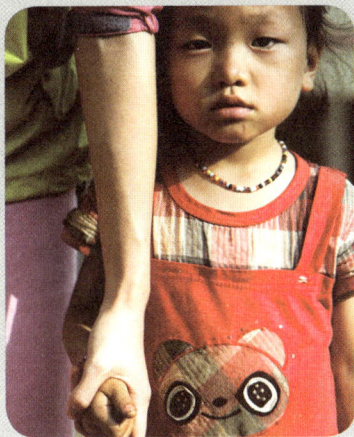

公益爬爬：

爱，是这个世界最美的风景

蜗牛爬爬　来自遥远的巴马
蜗牛爬爬　扛着童童的小家
蜗牛爬爬　又小离开妈妈
蜗牛爬爬　浪迹天涯……

大山里的微笑

因为我出生在那个城市，所以不管走到哪里，心底总留有一方小桥流水。

小嘎牙的孩子们眼睛是透明的，他们对外面的世界浑然不觉，眼中只有一片青山绿水。

2007年因为拍摄电影《宝贵的秘密》来到广西瑶族山区。拍摄空隙去长洞小学看望孩子们，导演对我说，你一定要告诉大山里的孩子，外面的世界有多么美好。思量之后，我却对孩子们说，如果有一天，你们走出了大山，不管身在哪里，也一定不要忘记这片青山绿水。

放学了，光着脚丫的孩子们"嗖"地钻进一米多高的玉米地，没了人影。不一会儿，又突然出现在半山腰。他们高举着崭新的彩笔，一个劲儿地冲我挥手。我在山这头儿也使劲挥手回应着，直到一个个小小身影彻底消失在群山中。

这样的感动，该如何形容？！

如果不曾真实感受过，我也不相信会有周蒙。

看着一百二十多盒彩笔分到每位小朋友手中，传递给我的是实实在在沉甸甸的幸福。他们不好意思说"谢谢"，却毫不吝啬地给了我最灿烂的笑容。我只是带来一份小小的礼物，他们却画出心底最美好的世界。

我想，现在我能够理解曾经的蒙蒙了。

真的有这样的女孩，甘愿舍弃优越的生活，放弃众多的机会，而选择到小乡村过如此简单的生活。可能会有很多人觉得她傻，然，我却深知，这份心灵间的简单与真诚，才是最求之不得的。

你也许只是给了小小的一点爱，却可以填满他们的整个世界。

你可能只在他们小小的生命里出现了一天，他们却会用一辈子记得你。

在暴雨中前行

闪电一次次将天空撕裂，山的剪影重重地落在头顶。

忽然间升起某种莫名的意念，觉得自己如同一颗柔弱的沙粒，却要倔强地穿越时空与生命的长河。深夜行山路，拒绝入眠。

前方漆黑一片，我不由自主地睁大了眼睛。画面感越来越强烈，仿若是要跃入胶片，进入另一个梦境。我想将整个灵魂都嵌入那道光里，有一种将至山顶的快感。

脑海出现无数幻念，我仿佛看到了你，在暗黑的丛林间，在被闪电激起道道冷光的大山壁下，正对我微笑着。雾气越来越浓重，我步入云端，那是红水河的呼吸。我听到你的呼喊，你潸然泪下。彻底地，我感受到你的焦虑，也意识到路途的艰辛。

原来，曾在江南遇到过的"暴雨"亦脱不了江南的温柔。而此刻，再坚强的意志都有被摧毁的可能。眼前的暴雨，俨然透出斩断前路的决绝，残忍地模糊了窗前的方向，淹没了车内一切声响，只留下泥石敲打车窗的巨响，钻心的寒栗。

仿佛走上绝途。我们停不下来，也没有办法停下来。闪电把大山凶恶的模样映刻得那样透彻，渺小的我们身在其间，压迫，窒息。

不能停，不能停。每个人此刻都异常清楚频繁而至的泥石流近在咫尺的严峻意义。必须闯过去，冲出去，才有可能胜利。

人的意念是强大的，如此狂躁的雨夜，它让小小的车体获取到坦克般强大的力量。车内小小的我们，在未知中相互安慰相互温暖，甚至还有人不忘抛出

玩笑："如果加点原声音乐，这就是一部好莱坞大片啊！"

黑暗中，继续前行，仿佛去的是侏罗纪。

我忍不住给几个最亲密的人发出短信，告诉大家：我很想念，非常想念。收到的人定然会诧异这突如其来的肉麻，但他们或许永远也无法了解，在路上的人，有时，生死只是一瞬间的苍凉。

是不是只有在面对困境时，才能感知到自己内在的强大？是不是只有紧握着希望与期盼，才能拥有内心的坚强？

是的，我必须勇敢！

因为，车上还有两袋从北京带来给小嘎牙村的礼物。

还有，要好好拍电影！

感谢大牛在关键时刻替我上了香。

经过五小时的煎熬与历练，我们终于在凌晨一点抵达驻地。

感谢，还活着。

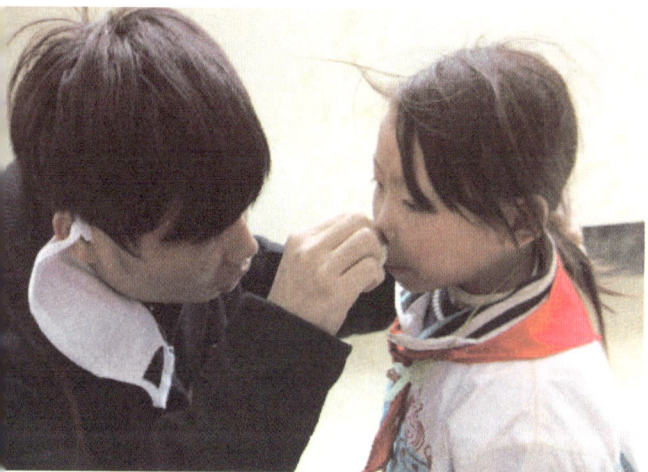

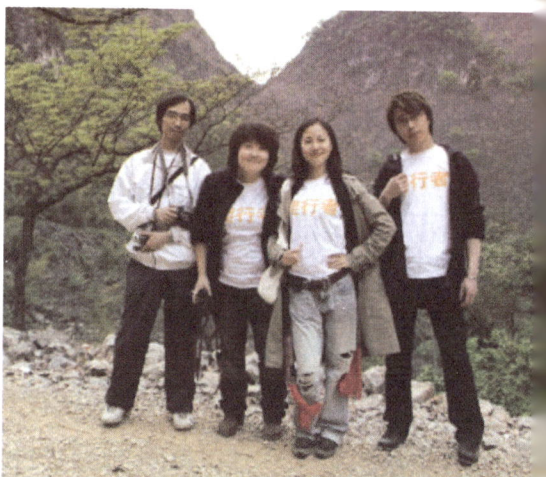

公益爬爬：
爱，是这个世界最美的风景

六指爷爷，我是小江。

OK！你又玩失踪了。

记得那日剧组邀请你出演一个角色。于是我们等啊等啊等啊，直到把导演等毛了，副导演也疯了，你还没现身。村民们决定分头去找你。最后，一个小男孩气喘吁吁地跑来说："六指爷爷……高兴得喝醉了……他躺在一块大石头上……睡着了……"心底泛起一丝笑意，让我无法埋怨你，因为我知道，你就是个孩子。

始终忘不了，当初一卡车学习用品从遥远的北京运到巴马，又颠簸了一天抵达小嘎牙的村口时，孩子们扛着麻布袋穿越山路集中到山寨门口等着分礼物。我看见你在一边欢欣地鼓掌，两只眼睛清澈且明亮，天真得如同见到奶糖的孩童。你"贪婪"的神情略带羞涩，那双眼睛令我记忆犹新。我挑了一只小老虎书包给你，小心翼翼地帮你背在身上。

那天，你穿了一身蓝布衣。然后呢？你可爱地傻笑起来，呆呆地望着我，好像是在告诉我，只有你的母亲这样爱过你。你突然跳起来，在小嘎牙村稀疏的玉米地里边跑边跳，夹在孩子们中间，让我忘记了你已是一位年近七旬的老人。

真的，我特别想了解关于你的一切，你如何可以在如今这样一个复杂偏激的世界里保持这样的单纯？你清澈的眼神直抵人心，只有能读懂的人才会喜有的人，在茫茫人海中遇见，便从此难忘记。

——江一燕，摄于小嘎牙村

欢你、爱护你。那些骂你傻、嫌你不吉利的人，你可曾憎恨过他们。你那十二个——不，是二十四个指头——我想，那是上天希望你与众不同而赋予你的特权。尽管，你为此承受了太多磨难与不公，但又有谁可若你这般在世俗中永存一颗长不大的快乐的心？

你轻轻摊开手掌，掌心里是一只小小的蜗牛。那是你给我的礼物！六指爷爷！你怎会知道我是爬啊爬的蜗牛小江？我笑了，你要我给你照相。我赶忙用相机挡住悄然落下的泪。

谢谢你如此信任我，亲爱的六指爷爷。我知道，其实你从不轻易在外人面前袒露双手。这或许是儿时母亲出于保护给你的告诫。你为此历经了兄弟背叛，你被村族遗落，终身未娶，孑然一身。而此刻，你正用这双命运赐予你的大手温暖着一只流浪的小蜗牛。你信任着一个听不懂你的瑶语，来自浮躁的大都市，与你相差五十多岁，连名字都未知的女孩。

如果，人与人之间可以心灵相通，又何需那些表层的伪装？然而，太多人只浮于表面，将内心深藏。无形的距离间充斥着冷漠与悲哀。

第二年，再去小嘎牙，我没有找到你。

第三年，村民告诉我，你离世了。

没有人会懂，我的难过。正如没有人记得，你孩子般灿烂的模样。这是独属于我们的秘密！那一刻无声的心灵交会，纵使无法再重逢也未有遗憾了吧。

如果你真的离开了，我相信，你是微笑的，因为你也不曾忘记我，对吧？

其实，我才不信呢！我知道，你只是又高兴地喝醉了，躺在某块大石头上睡着了。

六指爷爷！

支教日记：少说多做

历经迷失的人生会遇见最好的方向，
褪去浮华的身影简单而真实。

这一年马不停蹄，蜗牛离了"窝"，成了牛。

多年来随意的态度，除了工作，不在娱乐圈里生活。有人说是江南小资，有人嘲讽不商业，有人赞赏够文艺……其实无论怎样又有何妨。永远不要在意这个世界对自己的评头论足，因为你无法满足全世界，也不可能顺应所有人。唯有自知，不违背本心，既安之，则乐之。

公益也是如此吧。有人出资千万，改善孩子们物质上的匮乏。我只会弹琴唱歌，所以成了业余的山村女教师。爱是真心的信仰，无论大小，不分你我，无谓何种方式，能为需要帮助的人做些实事，便是有能力之人的福气。

拥有，若离开分享，便不是真正意义上的拥有。

力所能及之处，少说多做。

我的"好玩儿"与"高兴"。

——江一燕，摄于北京

小江老师的大行李箱

猫咪们焦虑地横躺在我的箱子上，对刚回家又要远行的我表示抗议。

这一年，唯一的长假选择在山区支教。对于我的体能而言，绝对是一场疲惫战，要知道近五个月的话剧排练演出，已让我气若游丝。

但心情是快乐的，于孩子们的承诺，于最质朴的情意。

我仿佛已经嗅到大山纯净的气息，听见孩子们在山头呼喊"小江老师回来了"！箱子里的礼服统统换成了轻便的装束，还有自备的锅、睡袋、手电以及干粮。不过比例最大的还属给孩子们带去的书本、体育用品和教学工具。

横放竖塞，箱子鼓得像个孕妇，猫咪们急得在一边喵喵叫。一向臭美的我绝然地一再精减自己的行装，仿佛这第一步就在告诉我：不是旅行，不是明星，放下自己。

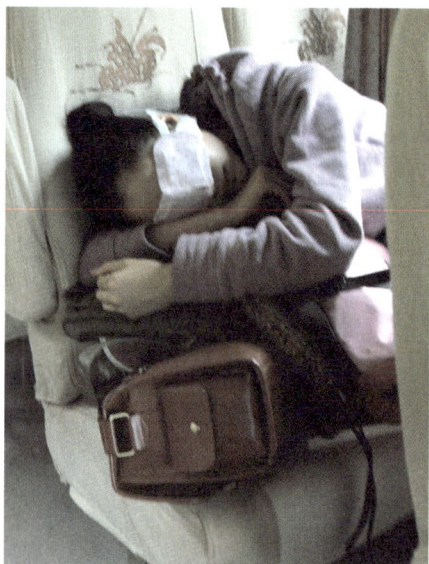

左手是欢唱的Hello Kitty录音机，右手是迷你版儿童吉他，音乐老师小江在机场见到第一个背包客型志愿者——北京传媒大学的爬行者高小运。

选小运当我的志愿者，是因为我们都是行在路上的人。他已两次独自搭车进藏，有一次，是为了圆我的西藏之梦。我虽还未亲自到达过，但心中的理想从未丢下。

小运有在路上的经验，我想，他既可以照顾同行的女孩子，又可以与封闭在大山的孩子们分享人生旅程。于是，志愿者小运顺理成章地成了长洞小学的体育兼地理老师。

我们兴高采烈地会合后，却被北京的大雾预警来了当头一棒，在机场守了几个小时后，最终被告知航班取消。而第二天开往南宁的火车将行驶三十余个小时，若天气不见好转，我们的支教行程恐怕要耽搁好几天。

满腔热情被无情地泼了冷水，只好默默归家，辗转难眠。

当时的我，未曾想到，山那头的孩子们听到消息后，竟也失落得一夜无眠。

理想与天气

我们决定与天气一搏，未改火车。

寒风萧萧的清晨，小运乘上五点多的北京城第一趟地铁直奔机场，我也摸黑前去守候。赌一天中最早的一班，果然靠谱！天气虽未好转，但早起的鸟儿还是先飞了。

昏睡到南宁，我们见到了已焦急等待一天的另外两名志愿者，来自浙江的小鸟和上海的小熠。小鸟说她之所以叫"小鸟"，是因为同学们都觉得她像极了那款人见人爱的游戏《愤怒的小鸟》中那只勇往直前的bird！初次与她见面的我心中略存怀疑，眼前这个娇小的南方女孩看起来腼腆又害羞，而且听说她还从没出过远门，连火车也不敢坐。我忍不住有些担忧：这样在万般宠爱中长大的学生妹能适应艰苦的支教生活吗？当初选中她是因为看到就读于美术学院的她擅长手工和绘画。她的作品细腻又富有创意，譬如用树叶画画，用白纸做

成灯罩，抑或是剪出各种小动物。对于山里的孩子来说，虽然拥有丰富的天然资源，但还需要很多手工技能的学习和无限创造力的发掘。小鸟，无疑是再合适不过的美术教员，但她讲话也太小声了吧！完全不敢抬头看我，总是怯怯地躲在别人身后，这样能上课吗？我心里有些许懊悔，怕是选错了人。

现在想起来，当时的忧虑不过是为之后的诧异做最惊人的铺垫。一周课后，这位小bird老师很不经意地同我们说起，她参加此次"爬行者支教行"是瞒着老师和父母，从学校偷跑出来上的火车，至今还未通知任何人。我越想越后怕，而她已然一副敢做敢当的轻松。忽然觉得，这文弱的南方小女子像极了大学时代的自己！我从她身上得到了对自我的认证：人不可貌相！柔弱的外表下，果然是只勇往直前的愤怒小鸟！

我们搭上了去县城的小巴车，临近十一月的广西依旧风和日丽，沿途的郁郁葱葱令心情如春光荡漾，录音机里悠扬地放着童声合唱《让我们荡起双桨》，零星的光点透过车窗把温暖映在每个人的面颊上。忽而，心中的希望涌成一股无比神圣的向往，伴随着我们的青春，渐进广西巴马瑶族自治县。

小熠热得扒光了外套，只剩下T恤，而我穿着快捂出痱子的UGG（一种皮毛一体的圆头靴）写微博：忘了看天气预报，一个穿着毛裤棉鞋的支教小老师还未上课即要中暑。万里晴空，好山好水25摄氏度。大城市的人儿，于这久违的淳朴，竟一时难于言表。

虽听起来有点度假的欢愉和轻松，但我还是以领队和小家长的身份认真地唠叨："别看这会儿舒服，翻几座大山可能就是另一面天了，我这UGG到了山里肯定顶用。你们都把衣服捂好，我们备的药可不多。"大山真是这样，一面"妖娆"一面"骨感"。

　　巴马县，一条酷似"命"字的长河铸就了它，孕育了无数长寿老人。但再往上走，土地渐渐贫瘠，水路不通。还记得第一年去小嘎牙的时候，没有路，没有电。再去，没有水，孩子们天天围着大水窖等雨。若今年同样状况，我们也有可能一个星期洗不了脸。

　　小熠憨憨地点点头，他年龄虽比我大，但论起进山区支教的经验，我却是他老师。这位刚留学瑞士、美国的阳光大男孩胸怀雄心壮志，带着强烈的爱国情怀和社会责任感，给我寄来一封震撼人心的自荐信："从懂事那天起，便一直在寻找自己的价值，迷失成败泪水欢笑，微不足道，直至今日！现在太多的国人唯利唯金钱化唯现实化的价值观使我们的价值失位，人性迷失，民族的创造力沦丧，这是悲哀的！我们去山区帮助孩子们，是应该从根本上帮助和引导他们建立和确定每个人自己的不同于他人的价值观。因为我相信只有一个人有了自己正确的发自内心需求的价值观，才会有正确前行的动力和可能，才会走得更远，飞得更高！希望爬行者爱心支教可以做到和其他公益组织不同的地方，除了金钱上的财施之外，给孩子们，尚未被'污染'的孩子们，一个正确的价值体系！希望我们帮助过的孩子们，不再是单一的金钱价值至上、想象力缺失的一代！希望我们帮助过的孩子们，能走出很多个中国的乔布斯、巴菲特，而不是下一个山寨、下一个中国制造！希望我们帮助过的孩子们在走出山区、走出中国之后，再能回到原来的地方，帮助其成长发展！这一切都是有可能的，只要我们带着正确的观念去感染这些未来中国的'希望们'！要告诉孩子们健康的重要性，不要到了无法挽救的时候，才想起自己的健康，在此借用于娟的一句话告诉孩子们：'我们究竟要用多大的代价，才能理解生命的意义！'"

支教老师写真：小运、蓝校长、小江、小熠、小鸟（从左至右）

到达县城已近黄昏，只来得及抖了抖麻痹的屁股，就赶紧颠上当地两块钱一趟的蹦蹦去集市储备日用品。我们一人斜挎着一个爬行者支教书包，葱绿的形象很是革命。

县城小街浓浓的生活气息和瑶族风情对于城市人来说相当新奇，穿瑶服的卖菜老人，满地叫不上名字的瓜果，酒铺里飘来的米酒香，还有萌到不行的小香猪，粉嫩浑圆，让人忍不住想上前抱一抱！不过，这些可怜的小家伙不一会儿就可能作为当地特产成为瑶家客人的盘中餐。"咕咕"，肚子在抗议，才发现饿了。

天黑不便上山，我们决定在县城留宿一晚，第二天一早再出发。住的宾馆是当年拍电影时下榻的地方，大厅里还挂着我的巨幅照片。时隔五年，恍惚中犹如昨日。再一次喝到了熟悉的火麻汤，听到那拨动心弦的老歌。

卸下一天的疲惫，终于安宁。

小小的县城，好梦。

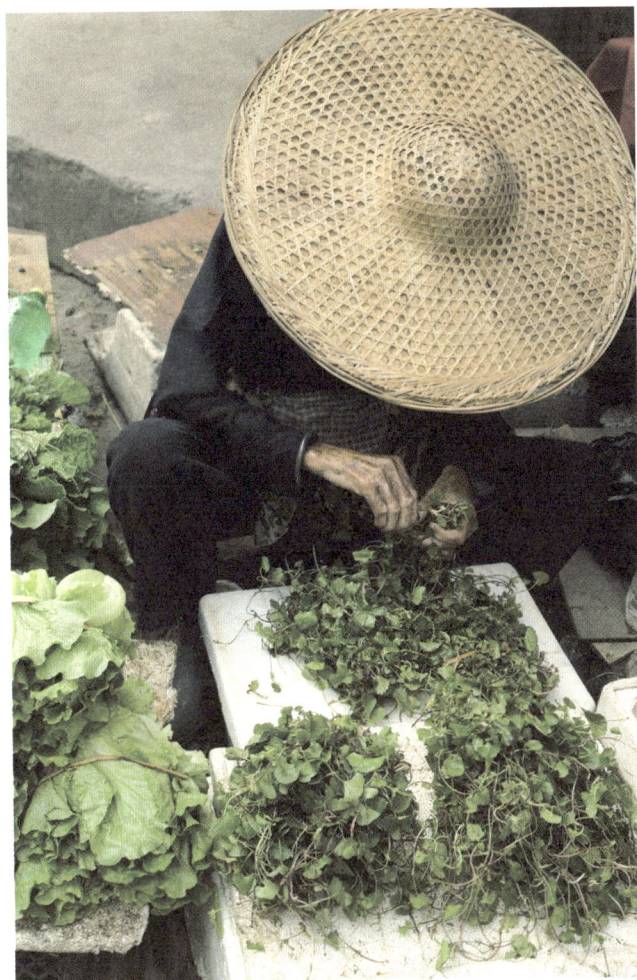

我喜欢小城生活！

——江一燕，摄于广西

到达

第二天清晨，楼下停着一辆白色小面包。"蒙师傅！"见到当年剧组的老同事格外亲切，那段拍摄经历至今历历在目。

我们是为了艺术同甘共苦过的友人，很多次，我心中都有种将生命置于这片大山的无畏。毕竟，第一次面对壁立千仞的山路，我一眼也不敢多看。尤其是凌晨三点收工的时候，四周伸手不见五指，唯有集体手拉手行走，全靠脚下摸索。男士们唱起歌为女士们壮胆，又恐惧又刺激。忽然惊闻"啊"的一声，不知是谁摔倒了！又听见"咔咔咔"一阵撞击和翻滚，准是谁的机器掉下山去了！当时当刻，能活着就好，身外之物掉了也罢。

我最怕的其实不是行山路，而是行凌晨的山路，司机们清醒吗？视线清楚吗？那陡峭的急转弯道容得下一辆大卡车吗？一不小心就会坠落下去吧……各种恐怖的自我暗示和内心挣扎在千锤百炼后渐渐超脱，在绝望中生发出一种大无畏的气魄。正如安妮所说："人若对苦痛和阴影有所担当有所体悟之后，才能真正理解其所映衬的那一道纯净自若的光。"

从那之后，"怕"字于我淡然了许多，死亡也突然不再恐怖了。尽管电影只是小众的很有情怀的文艺片，但对于我们这些有过亲身经历的人而言，真的不只是一部电影，而是一次生命的历练。

"别怕！"我轻松地安慰小鸟和小熠，但颠簸的路途不失时机地将这两个字震成了"别怕别怕"。我和小运顿时乐了，小鸟和小熠也笑了，当然后两者笑容很僵硬。满车的箱子被颠得好一番乾坤大挪移，在我看来，却好像是在开心地跳着瑶家舞。

摇摇晃晃中，眼看着就要到长洞了。因为行程被耽误一天，上山前我没有

电影《宝贵的秘密》剧照

打电话通知学校，因为路上时间实在不好估算，怕孩子们等太久。正打算偷偷溜进学校给他们一个惊喜，车却缓缓停了下来。只见孩子们齐刷刷地在山坡上站成两排，我还未下车，便掌声雷动："欢迎！欢迎！欢迎！欢迎！"他们像一个个挺拔肃目的士兵，热烈而稚嫩的呼喊声中带着淳朴的乡音。我的眼泪失控地跌落一地。之前还一再提醒自己，作为老师一定要控制情绪，可幸福与感动一旦扑面而来，我又如何能控制得了呢！丢脸就丢脸吧，小江老师就是一个爱哭鼻子的乡村女教师。因为我真的不想掩饰与你们之间最珍贵的情感。

蓝校长迎上来，眼睛也是红红的。我问："你们怎么知道我何时到？"他说："就是不知道你们几点到，孩子们完全没心思上课，早早就在这儿候着你们的车。"

夹在孩子们中间的横幅"欢迎小江老师回家"是在去年的横幅上改的，覆盖了新的欢迎词。可是，在那一刻，上面写了什么，我真的看不清了。

小鸟吐了

为了不给学校增添负担，事先我们已同校长约定好，支教期间自备干粮自己动手，于是乎从县城带的方便面及咸菜就先储备了一星期。蓝校长似乎有备而来："哎，今天你们刚到，必须按我们瑶家风俗以最好的东西相待，为你们接风！"

我心里一惊，不会又是瑶家米酒吧？！那看起来宛若清水喝起来甜如果汁的米酒，当年可把我们折腾得够呛。作为黄酒"女儿红"的代言人，身在江湖哪能失了礼数。志愿者小E是那次唯一的男士，后果可想而知，四个字：走投无路。现在想起来，那时候的确没有经验，本着对少数民族礼仪的尊重和情谊，宁伤自己不伤感情。最后，我和小E直接飘去了瑶乡山顶，后起之秀小齐为了帮我挡酒则进了医院。这一次，说什么也不能再喝，我立即提醒新同伴，"拒酒词"脱口而出："只要感情有，喝啥都是酒（提前备好矿泉水）。只要心里有，茶水也当酒（紧握茶杯不撒手）。你一口来我一口，伤了身体不长久（赶紧拥抱或握手）。"

话还没说完，只见蓝校长他们从大灶里端出几碗红乎乎的液体，上面缀着点小绿葱。"咦？这是神马酒？""这可是我们当地的好东西，喏，山上跑着的。"他指了指对面山头上的黑山羊，我这才发现他手上的斑斑血迹。没来得及告诉他我不杀生，罪过了！

老师，妈妈说柚子能去火。

"新羊血汤好东西，只给我们瑶族的贵客……"说着，羊血汤已端到眼前。我们几个面面相觑，不知如何是好。锅里羊肉已下水，看样子中午基本确定就是羊肉宴了。毫无疑问，这顿午餐对山里人来说是过年或瑶族传统节日才可享受的美食，以此来招待我们，果真是情深意浓。

小运率先尝了一口，去过西藏的人就是不一样，肯定一路上吃了不少山珍野味，听说还在那里吃过生牦牛肉呢。大家赶紧用眼神试探询问："怎么样？"他那神情真是"包罗万象"，让人哭笑不得。蓝校长还在一边等待我们对珍品的反馈，我只好用嘴抿了下碗边，屏住呼吸，将鲜血的生腥味拒之口外。小鸟老师低头无语，几乎是要把脸扣进盆子里，只见她长吐一口气，咕咕喝下几大口，接着小熠也喝起来。蓝校长和他二十多年的学生小蓝在一边看着我们，就像终于把珍藏了许久的好东西跟最亲的人分享，开心得将剩下的几碗羊血当米酒似的一口干了。我也鼓足勇气说服自己再尝一口，却看到刚刚牛饮的小鸟忽然夺门而出，见情况不妙我赶紧跟了上去。

果然，愤怒的小鸟"哇哇哇"好一顿乱喷，连早饭都快吐出来了。此时蓝校长冲了出来，小蓝嘴上还残留着一抹鲜红。"哎哟，小鸟喝不得不？""他们那地方都不喝不？""喝不了不要喝不？"小鸟沉默地吐着，身后，瑶家乡亲若一群叽叽喳喳的鸟儿喋喋不休。

　　"丁零零"，不知哪位老师叩响了上课铃铛，清脆的铃声引领着新老师们大步上岗。一直觉得，教师是一份值得骄傲的职业，尤其是当一手拿着粉笔一手提着录音机，胳膊下还夹着教科书，快步行走在校园里时。记忆中的画面，犹如春风拂面般美好。

　　学生时代的我总喜欢傻傻地盯着老师们，看他们将自己所拥有的授予新生命，感受分享的价值。也就在那样的某刻，生平第一次暗涌起一种强烈的叫作"崇拜"的情绪，自此幼小的心似乎恍然间有了方向：不要当科学家，不要当医生，就想做小城里一位简简单单的女教师。

　　然而，突然有一天，命运安排小城姑娘鬼使神差地来到大城市。在连自己都始料未及的时候，成了一位文艺女演员。可不知为什么，直至今日，若是在路上被人认出来，依然会害怕得想躲起来。"你是江一燕吗？""对不起，我不是！"然后，强作淡定地迅速离去。后来家人批评我说，作为公众人物这样不礼貌。"你是江一燕吗？""嘿嘿……嘿嘿……我是。"哎哟，小江同学，你可以笑得自然一点吗？！这么多年了，其实，渴求的还是平淡自我的生活。

"起立！"业余女教师小江露出可掬的笑容，以树立和蔼可亲、温柔大方的正面形象。"起立！"怎么没反应？台上台下大眼瞪小眼，小风吹来若阵阵冷气。"起立！"我加大分贝，双手向屋顶使劲一挥，小凳子们终于陆陆续续有了挪动的意味。啊，肢体语言果然是最原始也是最吸引孩子们注意力的利器。现在想来，那点舞蹈功底此刻还真是帮上了大忙。"同学们，上课前呢，我们要相互问候，表示老师和同学们的相互尊重，共同前行。我说'起立'，你们说'老师好'，我再说'同学们好'，然后呢，就可以上课了。"尽管我刻意地放慢语速，表情力求生动，孩子们还是一脸茫然地望着我，场面极为尴尬。

我这才意识到，这帮孩子属于学前班，是基本上听不懂汉语的一群小不点儿，之前由哥哥姐姐一拖一、一拖二带着来上学。后来，教学改制将他们另组一班，称为"小一班"。我四下环顾，看到了一些熟悉的面孔，是在上次给他们的哥哥姐姐们上课时见过的。现在他们长大些了，我想，他们应该还记得我吧。可不管我如何问话，他们都只是害羞地捂着嘴笑。暂时，我无法读懂他们的表情语言中隐藏的真切含义，我的自我介绍对他们而言也如同鸟语吧？！于是，我不得不长话短说迅速进入教学环节，期望透过音乐舞蹈的学习教授他们一些新字、新词。

音乐的共鸣无须言语，Hello Kitty小录音机一开，孩子们立刻就被吸引了。之前的沉默气氛迅速被打破，渐渐欢快起来。少数民族喜歌舞，大部分孩子天生就有这部分艺术细胞。不一会儿，孩子们"咯咯咯"地笑着跑到录音机前，伸出黑乎乎的小脏手摸摸这儿摸摸那儿。小女孩哼唱起来，教室里开始沸腾。男孩们终于按捺不住，和着音乐在教室里追逐打闹，甚至跳上桌子，对着我扭屁股跳起舞来。

看到他们终于肯放下矜持，露出孩童的本性，我发自内心地高兴着。但转瞬又意识到事态的严重性，眼见场面已然失控，无论我怎么喊"安静""坐下"，都无人搭理。忽然间，这样热闹的画面让我想起当初的"蒙蒙"，那个我曾经在影视剧中化身过的山村女教师。这一刻，我们穿越时空交会于此，同样的环境，同样的尴尬。哦，是你，还是我呢？

幸好蒙老师及时赶来，透过没有玻璃的窗户，用一堆我听不懂的瑶语好一番训斥，孩子们才立刻四下归位，瞬间又变回小乖猫的模样。就这样，我多了一位威严的教学助手，瑶语翻译——蒙老师。我们的合作方式简单而奇特，我讲一句，他在窗户外翻译一句。我的表达娇莺婉转，他的翻译龙鸣狮吼，孩子们静如小草。总之，小江老师终于可以安心上课啦！

PS：业余女教师第一堂课总结如下：

1. 对于小小孩不能用常规教法；

2. 他们欺负新老师；

3. 尤其是新老师中的女老师；

4. 要成为一个好老师的基础是先成为孩子王，能使他们信服并掌控自如。

好吧，经验都是由实践而来的，看我下次怎么收拾你们！

信号

夜幕低垂，大山的轮廓在霞光中渐隐。孩子们在操场上嬉戏的身影幻化作天边的星，一闪，一闪，惹人怜爱。

匆匆而过，忙碌的一天。放松下来才察觉到满身的疲惫和喉咙的隐痛。校园仿佛是瞬时安静下来的，让某种孤独感油然而生。

"信号——这儿——这儿！"几位老师拿着手机像着了魔似的在黑暗中游荡，一到有信号的地方便止步立定，缓缓抬手，就好像一不小心便会让它被风吹跑。这场面极为可爱。我们看不到彼此，只见得到几抹闪亮，在暗夜中游弋着。由于大山的阻隔，电波过于微弱，我们的思念就这样被迫搁浅了。

最为沮丧的莫过于小运老师了吧，恋爱中的人儿，此刻何止心急如焚，恐怕算是心如刀绞。好歹也体会了一把前人所受之相思之苦。"要不给你去老乡家借几只鸽子？"众人不忘在一旁煽风点火。

正处于微博控时期的我也在热恋着——与internet（互联网）。于我而言，世上最遥远的距离莫过于你在微博那头儿等我，我在这里却没有网络。

信号在哪里？信号在哪里？

"信号？！在对面小山坡上的小树下。"

蓝校长一语惊醒梦中人，一抬手为我们指引出一条暗黑之路。于是，五个"好汉"战战兢兢持手电上山，只为同一个信念：寻找——中国移动！

女教师宿舍

清晨六点，天光未透。

宿舍外传来"吱吱呀呀"的异响，像鬼鬼祟祟的老鼠在行动。我眯起眼，瞄见窗缝间闪耀着一双双晶莹的小眼睛。"起床啦！"不知是哪个淘气的小男孩壮着胆子喊了一声，大家便"哗"地一下逃散开了。

我把自己捂在被子里，憋着笑，假装没听见。不一会儿，小脑袋们又悄悄围作一团。他们是一群寄宿的孩子，大部分是因为家离学校太远，也有的是孤儿。

前两年来学校，四五个孩子挤在一张木板床上，没有被子，就横七竖八地挤在一起取暖。这一次来，四五年级的孩子被分到外校，床位空出很多，还用上了"爬行者"寄来的床品、蚊帐。我也沾光分到了新被子，还用粉色的蚊帐装饰了一下小小的木板床，虽然简朴，但干净而温馨。没有枕头，便用羽绒背心随意一卷，倒也能睡得惬意。想来工作的时候住的是星级酒店，室内温度可以调节，枕头高低可以选择，房间不干净可以换……但一个人睡眠的质量，其实取决于她的内心是否平静愉悦。

不得不承认，在山里的日子睡眠出奇地好，躺下就能着，一觉到天亮。还养成了日落而寝日出而作的好习惯。县里的朋友后来问我，真住得惯吗？他说，他们都不愿下来过夜的，虫蝇太多还不能洗澡。也有网友不相信我住进山里的学校，还和别的女老师共处一室。但我却真真切切地体悟到某种返璞归真的乐趣。

娇气其实是自己作的！永远别忘了，一个正常人，可大俗亦可大雅，能上亦能下。

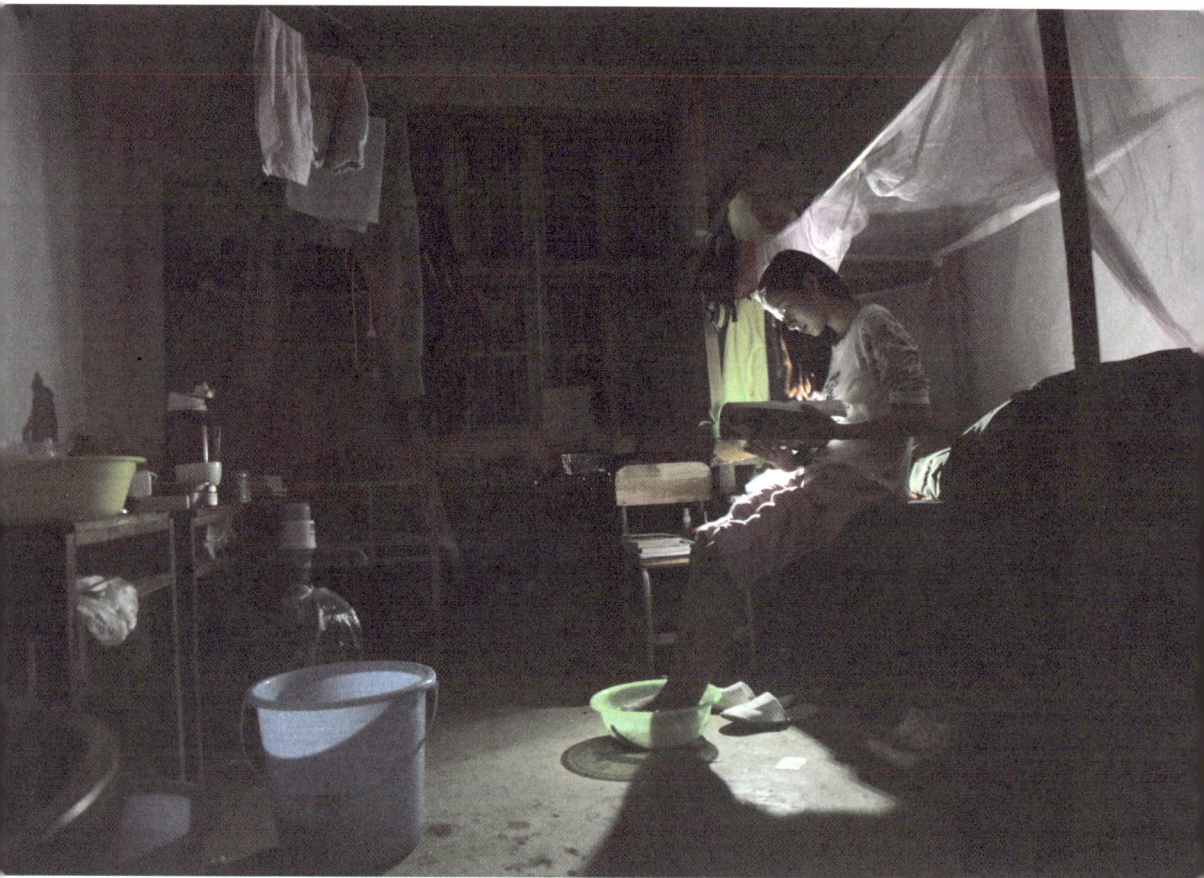

公益爬爬：
爱，是这个世界最美的风景

大厨

　　蓝校长骑着小摩托车采购回来了，于是乎，厨房里堆满了大白菜加白萝卜。

　　萝卜菜汤、红焖萝卜、白菜萝卜面，能把萝卜做得花团锦簇有滋有味，恐怕是小熠老师这等南方男人才有的厨房功力，连女士们也情不自禁地纷纷投去钦佩的目光。另一位男士小运老师一边直咽口水，一边还很不服气地说："明天！明天！我给你们做正宗的内蒙菜！"

　　话说N多天后，有人不经意地想起"内蒙菜"那个不忿的承诺。内蒙菜？那肯定是重口味，像那地方的人一样豪迈吧？！大家向小运投以无比期待的目光。不一会儿，忙叨半天的小运一个转身，端上桌一盆白花花的东西。定睛一看，众人顿时鸦雀无声。好嘛！内蒙菜原来就是一锅大白菜呀。小运见没人动筷，只好赶紧自我解嘲："解释一下，本来想做酸辣大白菜，由于配料不全，没有辣椒也没有醋，所以只能酱油炒白菜了。"大家面面相觑。唉，为了对小运同志勤劳下厨表示鼓励，我们只好强忍内心的鄙视，强颜欢笑地吃下了一整盆"正宗的内蒙大白菜"。

　　直到有一天，突然飘来了家乡熟悉的味道，莫非是压抑了太久，连鼻子也产生了幻觉？寻着香味走进厨房，一个像极了妈妈的身影正揭开锅盖，热气"哗"地笼罩住她的面孔，如汗水般浸湿了额发。她小心地端起一碗梅菜扣肉，笑呵呵地捧到我跟前，我真想喊一声"妈，我想家了"。正当泪欲狂飙，眼角忽而清晰，只见小熠端着梅菜扣肉，憨笑着对我说："快吃吧！"

一年前，孩子们都还是蹲在地上用小树枝生火煮饭。饭，黑乎乎的。

如今，国家有了新政策，贫困地区的儿童有了免费营养午餐，虽然不算丰盛，但至少是一顿干净的饭。

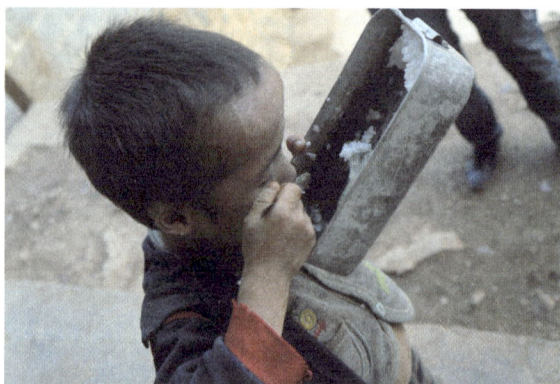

个儿小，饭量不小！

　　在厨房一角看到一张恐怖的课程表：周一至周五，通通只有两门课：语文和数学。

　　想来，于日常生活，识字和识数确实最为重要，但陶冶情操的艺术修养也不可忽视！孩子们正处于最为活跃好学，接受讯息最迅猛的阶段，他们的课程理应是丰富多彩的。一直以来提倡的口号，"德智体美劳全面发展"不应该只是一纸空谈！况且，瑶家的孩子似乎天生就与艺术有缘，就拿画图来说吧，在小鸟老师的美术课上，很多女孩创作的美少女不仅细腻传神，而且衣着艳丽，色彩搭配得恰到好处，这应该与当地传统的手绣有关吧。

　　更重要的是，他们的血液里流淌着对美的向往，所以才能尽情创造出无穷尽的美丽与绚丽。"可惜我们这里老师少，懂艺术的老师更少。"蓝校长愁眉不展，"之前县里来过一个女老师，后来也走了。"他意味深长地望着我，眼神似乎是在说："留下吧！"多么熟悉的情境与心绪啊，时空穿越几万里，我的心被拨动了。

　　新课表出来了。孩子们不无新奇地张望着，眼睛眯成了一条条线。

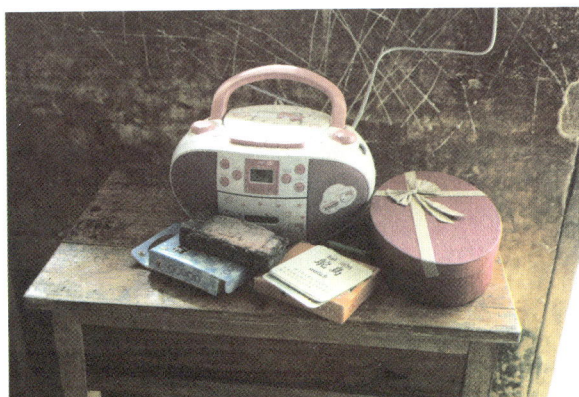

半夜的烦恼

去还是不去?

去，会被吓死!

不去，会被憋死!

悔到肠子都青了，睡前干吗喝那么多!

人家都在美梦贪欢着，你竟然在这儿跟自己玩二选一外加大冒险。

不去。去。不去。去。不去。去……

暗夜沉重，星光杳然。茅厕在校舍对面，没灯没人，孤零零地立在山的另一边。女厕更为凶险，大咧咧地冲着山路。月黑风高，不会有什么飞禽走兽出没吧?

凌晨两点四十五分，同屋们睡得四仰八叉。叫天天不应，叫地地不灵。看来只有依靠自己强大的内心，在这漫漫长夜独自与黑暗和恐惧作战了。在床上苦苦挣扎近一刻钟，某处开始泛起阵阵痛楚。算了，视死如归吧，索性操起手电，一鼓作气往茅厕狂奔而去，内心狂喊："我叫不害怕，我叫江不怕……"

　　"哗"一阵暖流，惹得苍蝇四下乱窜。用手电一照，差点没晕过去。最怕这种老式的茅厕，抬头蜘蛛网，低头蛆满坑。因为没有办法冲洗，这里俨然成了各类侵蚀者的食堂，在夜半不知疲倦地会餐。正在努力不让自己晕过去的时候，草丛里传来一阵动静。一时间寒意四起，我只觉得四肢僵硬，呆若木鸡。各种曾看到过的听到过的恐怖景象如蒙太奇般从眼前一一闪过。"阿弥陀佛，阿弥陀佛，我不算有什么大德，但也不缺德，望佛祖大慈大悲放过小生。"双手合十，屏住呼吸，侧身缓缓挪步，与不明生物越来越接近，别出来，别出来哇！一鼓作气一阵疯跑！直把躲在草丛里的大黄狗吓得魂飞魄散，好不容易缓过神儿来冲我怒吼了几声。

　　我去！你大半夜也来上什么厕所呀！不知道这边是女厕呀！

　　有惊无险，终于完整地回到房间，浑身松快。看着同屋们依旧睡得兴致盎然，竟生出一丝小小的得意。凌晨三点，要是换作你们，敢自己一个人出去吗！

　　哼！哼！不经历点挣扎，怎能完成"人生大事"？！

星光电影院

　　曾有一位不知名的好心人，从上海背着机器一路来到长洞，帮我在学校建起了"小嘎牙星光广播站"。孩子们从此听到了美妙的音乐。

　　后来，在那儿拍了电影，孩子们总是问我什么时候能看到，于是许下承诺，一定会为他们放映一场。作为一名文艺工作者，能在孩子们心中播种下电影的种子，实在是莫大的欢喜。

　　出发前去王浩一导演那儿借电影《宝贵的秘密》，那时导演手中只剩下母盘，但为了帮助我实现心愿，他很慷慨地拿了出来。之后又帮我联系了远在南宁的编剧凡一平老师，通过凡老师联系到当初拍电影时的放映队，颇为可惜，得到的回馈是他们的机器已无法使用。我们只好又通过各种方式联系到巴马县长，县长又帮忙联系到教育局。最后，教育局的黄主席亲自把放映机器载到了长洞小学，并允诺我们使用一周。掌声雷动，欢呼雀跃，喜悦与感动遍撒山间。

　　天幕尚未落下，小男孩蒙桂祥便急不可耐地跑来问我："江老师，电影开始不？"我笑着摸摸他的头："你问问天上的星星，它们出来上班了，我们就可以放电影了。"过了一会儿，小板凳们在操场上排排坐好。消息如风一般散开，附近的乡亲们也都匆匆赶来了。远远看见山那头飘来一束束移动的光亮，老乡摩托车的声响也越来越清晰，场面愈发热闹可爱起来！

　　放映员小江和小熠头戴探照灯，一副极为专业的样子，调整画面，试音……我们的身影被投射在屏幕上，逗得孩子们咯咯直笑。我索性跳起了孔雀舞，小熠则装成大黄狗与我上演了一出对手戏，大伙儿乐得笑翻过去。

电影终于开始了，全场的热度仿佛瞬间轻柔下来，继而鸦雀无声。许多孩子都不知晓什么是电影，眼睛瞪得又大又圆，生怕错过了一帧一秒。而我，看见曾经的自己，在此星空下，映在群山间，与明月为伴，与天地为邻，竟像是不知不觉走入了梦境。

有的孩子看看荧幕，又回头看看我，仿佛无法确信到底哪一个我才是真的，我为什么会从荧幕里走出来？

此时此刻无与伦比的感受，对于见惯了3D、IMAX以及各种豪华影院的我们而言，实在想不出用什么词来形容这般心绪。

蛙声阵阵，萤火熠熠，天地万物独有别样的安宁。群山怀抱中的星光电影院，不只是放映着一场电影，而是帮孩子们造出梦想，带着幼小的心灵越过山头尽情飞翔。

那之后的每一天，总有孩子跑来问我："小江老师，星星出来啦，今天放电影不？"

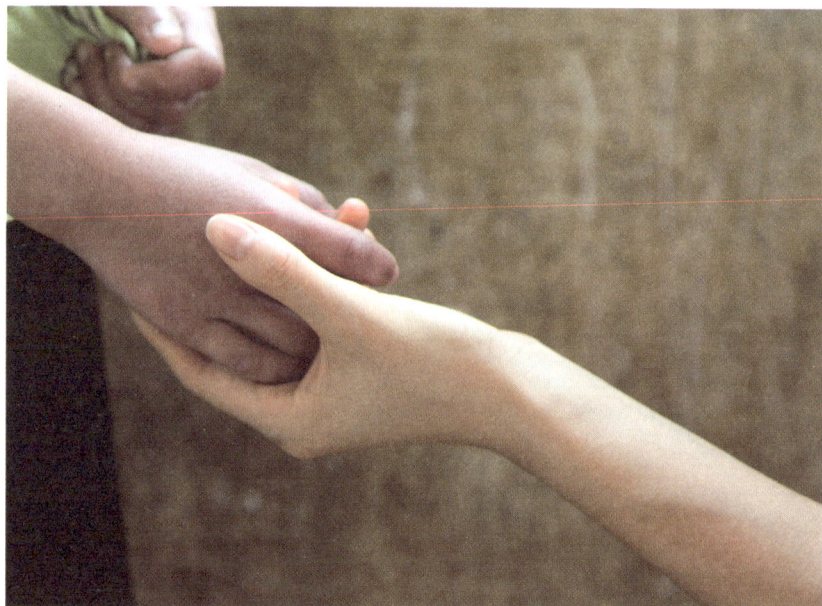

　　几天下来，渐渐与孩子们打成一片。他们虽害羞，却懂得默默爱护你。幸福感是什么，鲜花掌声，抑或是这样质朴的感动。

　　你上山去找信号，他们会跟着；你要打水，小男孩会立刻凑上来帮你提；午饭的时候，他们会从口袋里掏出一根玉米塞到你手里。无论你在做什么，他们都想时时刻刻围绕在你身边。这种依赖，让我忽然觉得自己是个幸福的小妈妈。

　　美术课的时候，小女孩说："老师，你能帮我画妈妈吗？""好啊。那你告诉老师，你妈妈长什么样子呀？"她想了半天，支吾着说："老师，我不记得了……"

想起当年在此拍戏时，有个小群众演员特别乖，我总爱带着他玩，把好吃的都分给他。他笑得很开心，会用白纸叠成小卡片送给我。某天，见他跟在我身边，一个村民顺口对我说："这娃好可怜，爸妈出去打工全死了，是个孤儿。"我彻底愣了，好半天才敢转过头看他，他却泪流满面地跑开了。

我永远也忘不了那一瞬间，那种隐忍背后的眼泪，本不该属于一个不到十岁的孩子。那不忍被我知晓的情绪，是积压了太久的坚强，在无意间决堤。我甚至为他超越同龄人的懂事而心生悲愤，在本该被父母万般宠溺的年纪，为何偏要来承受与化解命运的不公与残忍。多么希望自己能有更坚实的臂膀，紧紧呵护每一个孤单的小生命。

他们比任何人想象的都要坚强，也更为脆弱。二月，背起弟妹去上学堂。五月，要帮家里收玉米。十一月，依然穿着单衣短裤光着脚丫走山路。最难的是过年，他们会坐在山头等啊等，只为心中许久的期盼：爸爸妈妈能回家过年。或许是因为长期不在父母身边的缘故，他们变得不爱讲话，下雨天会特别阴郁。他们甚至不懂得最基本的生活常识，譬如生了什么病，该吃什么药。正因为如此，许多小生命错过了最佳的治疗时机而离开了这个世界，在我助学的几十个孩子中便有几个。

一座小小的村落，由于年轻人进城打工，变得孤寂冷清。村里只剩下老人和孩子，比起物质的匮乏，更缺失的其实是孩子们内心世界的色彩。他们渴望被爱被温暖，渴望倾听与交流。这是我关注山区儿童四年后所了解到的些许，也是我进入大山支教最重要的原因。虽然，我知道自己无法永远留下来守护他们，但我愿努力成为他们的翅膀，带着他们为梦想飞翔。

至此，愿有更多的人关注山区孩子，关爱留守儿童。

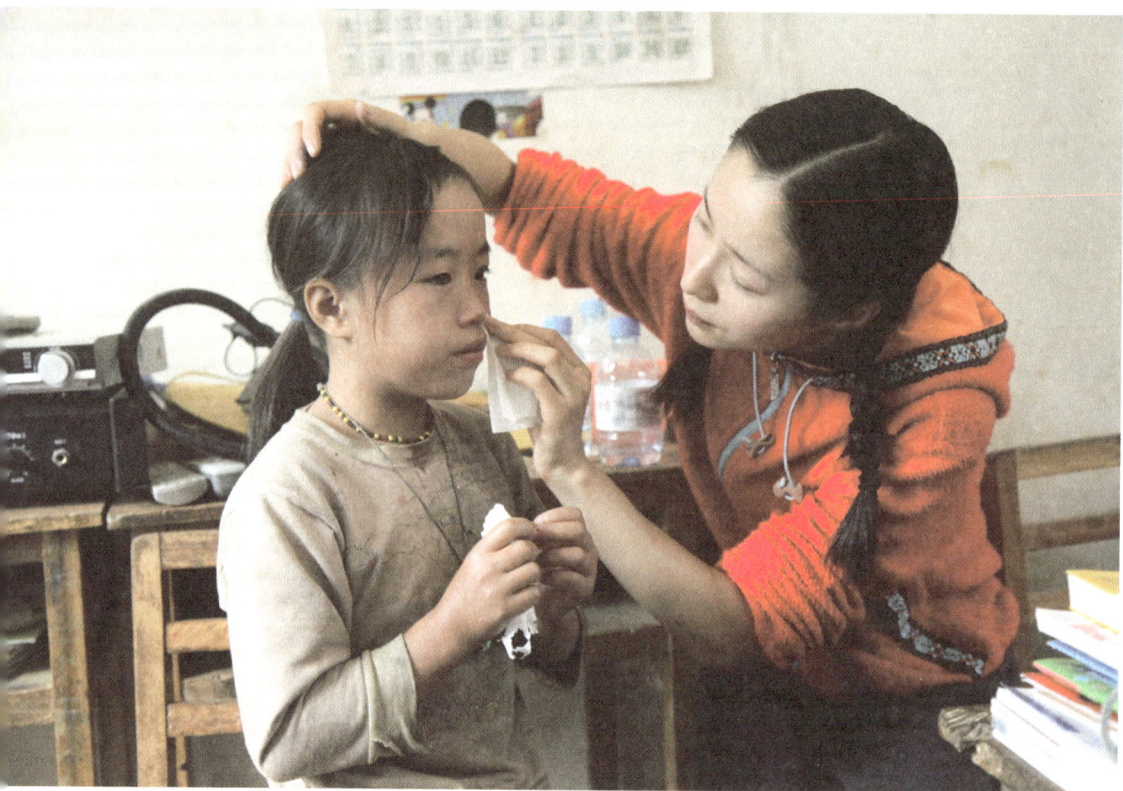

从你暖暖地拉起他们的小手，到他们害怕时就会紧紧握住你的
手，你知道吗，他们把你当成了小爸爸和小妈妈。

大山里的欢乐

　　下课了，孩子们拉着我们跑到土路上。一个小男孩从山上冲下来，一边跑一边滚着铁环，差点撞到树上，吓得我一声惊呼。这些孩子可真调皮，穿着破拖鞋，一路疯跑疯玩，摔倒了又自己爬起来，好像永远也不会跟困难妥协似的。他们很少流泪，更不会像城里的孩子们那样哇哇大哭，就像山中石缝中坚韧生长的绿植，哪怕只是一点点的供给，也会拼命地向上，潜藏着乐观的勇气和顽强的意志。

　　这里的村子大多数人都姓"蓝"，于是我在心里悄悄地叫他们"蓝精灵"。蓝精灵是天然的，是质朴的，就算劳动再艰辛也不忘歌唱，快乐得简单

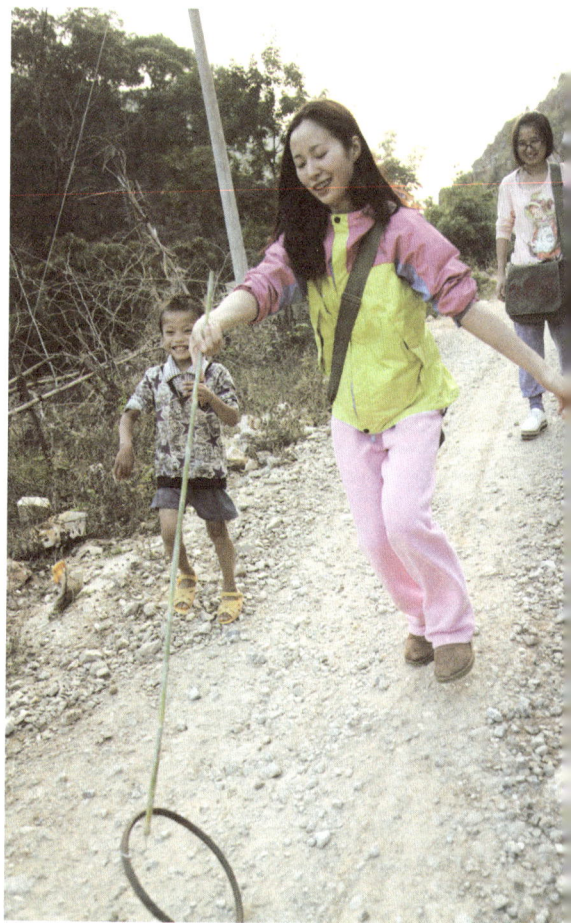

而纯粹。在这一点上，他们是我的老师，给予我的远比我付出的要多得多。

"老师，你来试试。"我被小老师们拉到了路中央。走！我以风一般的速度扬起一片尘土，但可气的是铁环没滚起来，我却差点滚下坡去。"啊，这个……老师的天赋是有局限性的。"我不顾脸上已蒙上了一层灰，又不甘示弱地试了好几次，无奈均以失败告终，只好尴尬地向蓝精灵们投降："不练了，

不练了，老师抽筋了！”

小鸟在这方面倒是颇有经验，一跑就把铁环滚了起来，红色的毛衣活跃在绿野山间，堪称绝配。后来突然有一天，小鸟收到了一份特别的礼物，是孩子们自己做的铁环。她欣喜地看了又看，爱不释手：“这个，我一定要带回家去！”我羡慕地在一旁等啊等啊，等啊等啊，终究还是没有人送我。娃儿们，你们也太实在了，对我练习本土滚环，竟是这样的毫无信心！

小运搭着主任的小摩托从镇上回来，得意地向我们述说他的所见所闻。原来，主任还带他回了趟老家，树丛中的瑶家木屋很神秘，可算开了眼界。

“对了，刚才我还在那儿吃了野味呢。”

“什么东西？”

“他们没告诉我，就让我吃，我就吃了。”

“好吃吗？”

“没吃出什么味啊！”

“那，到底是什么呢？”

“后来，我吃着吃着发现了一样东西，我就偷偷地把它放在纸巾里带回来了。小江，送给你。”他说着真掏出了一张包裹着的纸巾。我猜疑地接过来，直觉他不怀好意，但又很好奇。于是打开纸巾，只见里面包着两只黑黑的、肉肉的小爪子。“啊！”我一抖一把抛在空中。

“你……你……吃小鸟了！好残忍你！”

“没……没有，我真没吃鸟。”

“切！难道，有这么小的鸡爪？！”

“我……我……为民除害，我吃的是……老鼠！”

女生们一顿尖叫，逃散得无影无踪。

而此时，学校另一头，大厨小熠正在厨房烹饪着今夜的晚餐。

乡里老师来听课

　　小运说，来支教前他一个人在大学宿舍对着DVD练习第十一套广播体操，被同屋们耻笑不已。如今大山为证，在操场上，他是一个充满激情且一丝不苟的体育老师。对了，他还能一笔画只鸡——Chinese map（中国地图）！

　　小鸟总在微弱的灯光下研究第二天的手工课，永远耐心地做出满意的示范品后才肯关灯睡觉。

　　小熠的英文课备受大孩子们的追捧，这些新鲜的元素让往日沉默寡言的孩子们兴奋不已。瑶语和着英语，空气中时而充盈着各种语言各种语调的朗读声，伴着山谷的回音，仿若歌儿般曼妙，触碰着心底最柔软的深处。

　　而我，依然是快乐的业余女教师，依旧全心全意想把所有我知道的、学会的、感受的一切传递给每一对聆听的耳朵。因为有在澳大利亚和日本的游学经历，我习惯在课堂上用游戏的方式引导孩子们学习，在下课时与他们分享糖果美食。虽不够专业，但绝对是开放式的国际化教育模式。这不，还吸引了乡里一批老师来听课。他们手持小本自备小凳，严肃地坐在教室最后一排。我忽然想起自己上小学时，但凡有别的老师来听课，我总会觉得背后有双眼睛直盯着自己，一节课都不敢哈腰。今日，自己站在讲台上，台下都是师范出来的专业教师，竟然一时hold（把控）不住，弹吉他唱歌时跑偏了不说，手心还直冒汗，变得语无伦次。这堂课的时间仿佛被无限拉长，再加上孩子们也颇为拘束，竟然没有人举手回答我的提问，气氛一度降至冰点。

　　Oh，my God！不得不多说一句，乡里来的老师们，这是我上的最烂的一堂课！

无论在生活中还是课堂上，最为困难的事情莫过于让这些孩子开口说话。通常的情况是，就算我再鼓励，再紧握他们的手，也挤不出半个字来。

这是我们在教学中遭遇的一个共同的难题。

他们不是不懂，只是胆怯，对表达有恐惧。而语言障碍的形成与他们内心封闭，没有人可以倾诉交流有着密切关系。于是，我们决定走进他们的宿舍，与他们坐在一起或是躺在床上听他们聊天，玩他们玩的游戏，分享他们的每一种感觉。

小女孩小萍从外校回来，第一次见我的时候，她才二三年级。那年干旱，她整整一星期没洗脸，帮她擦脸她也不言语，只用一双红通通的眼睛默默地望着你，诉说着谢谢。如今，她已经长大许多，漂亮，有礼貌。她说："小江老师，我知道你们来了，我想再听你上课，你们能不能也去我现在的学校教大

家？"后来，没课的时候她就跑来当我的音乐助教，带领大家唱歌。没有乐器，我们就地取材，锅碗瓢盆齐齐用上，男孩敲女孩唱，噼里啪啦余音绕梁。男孩们兴奋得拍手跺脚，女孩们唱得美如娇莺，最后还招来别班支教老师的一致"投诉"："小孩们眼睛在我这里，耳朵去了你那里！"

孩子们渐渐开口了，学会了节奏，学会了上台表演。他们在音乐中渐渐懂得，释放和交流情绪是多么快乐。之后的每一天，不论在哪个角落、哪个时刻，或是在做游戏或是在上学路上，总能听到他们唱着我教的歌。我也由此感到发自内心的快乐。我对小萍说："如果你喜欢当老师，将来一定要回来，帮助更多的孩子成长。""小江老师，我可以成为像你一样的好老师吗？"她调皮又害羞地笑了，弯弯的眼睛像极了繁星簇拥的月牙，明亮而清澈。

小鸟老师，我们帮你将烦恼一扫而光！

周五。黄昏。寄宿的孩子们要回家了。

看着他们熟练地钻进树丛，忽而又从某个缝隙中伸出小手使劲地冲我们摇摆，心间幸福满溢，尽是恋恋不舍。

没有了孩子们的笑声，校园静谧得如同一幅水墨画卷，只是画中人不知为何染上了些许莫名忧伤。

蓝校长提议，将一周的疲惫卸下，今夜畅饮小酒，以示情谊。我参透他的心思，辛苦他憋了一个星期，实在不好意思推辞。于是老师们围坐一圈，将桌子拼成宴席，衬着窗外美景，推杯换盏，觥筹交错。此时此刻，入了乡随了俗，瑶家米酒自然尽在不言中。

喝着喝着，双方老师开始有点拼酒的意思，我赶紧劝我队主动示弱，以免后患。双方僵持不下，最关键时刻，披着一身温柔娇小外衣的小鸟老师居然挺身而出！在此之前，我方的战略战术是拖着对方瞎聊半天讨价还价后小抿一口，小鸟不一样，只见她沉默不语，上来就一个字"干"，豪爽得令在场的男士肃然起敬，甘败下风。

这下可把蓝校长、蒙老师乐坏了，纷纷举杯豪饮，大有一醉方休的架势。看来，这个周末大家都得用来醒酒了。庆幸的是，小鸟这次没吐，倒是喝出了几分真心话。我们担心地守在她的木板床前，见她大汗淋漓、泪水翻滚的难受模样，却不知该如何是好？我追悔莫及。见识到她的实在，已然是第二次了。

"小鸟，你哪里难受，要不我们去医院吧？"医院？医院在哪里？！这大半夜，山路怎么走？该往哪儿走？我的眼泪忍不住夺眶而出。男士们也焦急地在门外徘徊踱步。终于，小鸟呢喃道："难受，难受，想他……""What？小鸟，你说什么？"她呜呜地哭起来："我忘不了他。"

唉！世上最折磨人的莫过于情伤，纵然是谁都无处可逃。原来是借酒浇愁，不具名的忧伤。

于是，我们一致决定，等她酒醒后一定要一探究竟，帮她根除心病。

Who is he?

小鸟！

徒步家访

老师们的周末也是丰富多彩的。

周六一早，我们背上行囊，准备用两天时间行走山间。一是去看看孩子们的家，二是去探寻当地的风土人情。每个人的行囊都塞得满满当当，睡袋、野外垫子、工具，一应俱全，很有徒步行者的范儿。

蓝校长望着我们，眼里是父亲般的担忧："你们住哪儿啊？""哪儿能睡就睡哪儿！""学生家打地铺我们也住得来！""山里，没有猛兽出没吧？""人在旅途，on the road！""蓝校长，别看我们都打城市来，其实我们都有颗很野性的心呢！"某人差点把"野性"说成了"野兽"。大家你一言我一语，但显然蓝校长还是放心不下，执意要送我们到小嘎牙村口。我胸有成竹地向他保证："真的没问题，那条路我们来来去去三四十次了，肯定能找到的。"事实证明，女人的方向感是最不靠谱的直觉，若不是蓝校长的坚持，我们不知道会在哪条岔路小道上迷失，陷于群山之中了。

六人徒步上路。远山在熹微的晨光下连绵起伏，云雾像姑娘的面纱含羞遮掩，若有若无。我偶尔止步远眺，画面静止在这段未标示的时光中，原来不论大海或群山，都能以某种沉默的宽厚力量撞击心灵。在路上的人，会因此思索生命的意义。忽而想起一句话："我们无法决定命运的长度，但可以改变命运的宽度。"走得多了，看得多了，心亦容易放下。

江小爬假发呆照一张

　　路上遇见一位妇人，独自坐在崖边，发呆。美好和谐的画面。我想，到这里的人是不是都爱望着群山发呆？能发呆，挺好的。就像佛教中打坐放空的意境，能将万物归于心。城市里的人在高速的节奏下已缺失了发呆的能力，常常连睡觉也还在想着工作与竞争吧。

　　行路约四十分钟后，远远地望见一床红毛毯铺在一块大石头上晾晒。我们立刻亢奋地意识到，这儿有学生。因为这毛毯是从江西寄来的，作为一周的优秀表现奖颁发给每个班上积极踊跃的孩子。还记得那天放学回家的路上，小红毛毯们在山间移动着，孩子们的个子那么小，毛毯那么大，顶在头上几乎看不见脑袋，可爱极了，活像一群小蚂蚁扛着战利品归巢。

　　大人们在地里干着活，孩子们光着身子从草棚里探出脑袋，一个、两个、三个、四个——一群！他们害羞地冲我们挥挥手，地里的父母也停下来冲着我们笑。我从他们朴实的笑容里轻易地便捕捉到感激的心绪，这就够了！授人以鱼，或是授人以渔，都是满满的爱与幸福。

　　山里的变化很大，许多瑶寨已从深山迁到了马路边，建起了水泥房。只不过，子女们都去了大城市赚钱，新房里空荡荡的，只剩下留守的老人与孩童。还有一些修葺一半的房子，约莫八九岁的小男孩用小竹筐背着砖，赤着脚走在路上。那样的砖我曾背过，很沉很沉。

　　一个背着小竹篓的小女孩和她奶奶迎面走来。她是小一班的阿南，甜美可人极了。她还不大会讲汉语，只轻轻地喊了声"老师"。已经没了牙的老奶奶背着小孙子，眯起眼望着我们，乐着。她们的身影渐渐淡出视线，唯有小女孩脚上穿着的我们发的绿色球鞋，在路上留下小小的脚印，格外醒目。

　　两个多小时后，小嘎牙村落终于隐约出现在山谷间。恍惚中，耳畔像是萦绕着小娟的《山谷里的居民》。在我看来，这里是一个世外桃源，没有嘈杂的车声，没有拥挤的人群，只有扑面而来的翠色欲滴鸟语花香。

　　村长拎来一桶刚从树上摘下来的柚子，要我们带在路上吃。我想起那年拍摄时，他儿子爬到野生的木瓜树上，摘下木瓜赠给我，儿媳妇从山间掰下最嫩的玉米送到剧组。是的，这就是山里人待客最好的方式，实在，淳朴。

　　二年级的明发带我们参观了几位学生的家，无不是人丁稀少的状况。当年戏中的"家"依然，老婆婆坐在门口，却已不记得我，倒是底层猪圈的猪儿探出头来张望，而一直很挂念的"大熊"一家也没有在。路上目睹一条狗与一只

鸡的友谊，它们相互扑倒，又亲吻。谁说情深谊厚的只有人类呢？

我们决定继续前行，天黑前走到哪儿就在哪儿安营扎寨。这种漫无计划的旅程，充满了惊与喜，不知要去往何处，亦不知前路会遇见什么，于是才有意义。

虽说如此，但村长着实怕我们天黑时被困在半山，便带我们去新房找他儿子。四间平房并排在路边，看起来更像城市中的车库。村长、老大、老二、老三，一人一间。村长儿子小蓝偷偷告诉我们："为这几间屋，还欠下好多钱。"屋内只有床和电视，连墙面都没粉刷。"孩子妈妈去广东打工了，不然没办法还债。我要继承爸爸的职务，只能回来，顺便带孩子。"小蓝木然地看着我。早先见他的时候，他还是横躺在脸盆里洗澡的小婴孩。忆起与他妈妈的聊天，初为人母的她当时还不到十八岁，她说不愿意出去打工，广东一带的服装厂，工作时间很长，灯光照射太久，眼睛曾一度变得模糊不清。工厂的大门总是紧锁着，更像是深牢大狱。她还说，山里的生活虽然很闷，但很自由。

小蓝开着一辆破破的小面包载着我们上路，小运放起许巍的歌。风从窗缝溜进来，拨乱了我们的头发。到了县城，我们与小蓝道别，肚子瞅准时机开始抗议，一天没有进食，已是前胸贴后背。于是随意钻进一间餐厅，点了当地最特色的长寿菜：火麻汤，地瓜藤，香猪肉肉。饭桌上鸦雀无声，大家都吃得极为专注，就连我都一口气囫囵吞下三碗去。

酒足饭饱，灵感大增，我建议道："接下来我们应该前往长寿村，去探寻生命的奥秘。"据说长寿村每户都有长寿老人，一百岁以上的。至于原因，有人说是因为那里的负氧离子特别高，因此会有很多人去那儿疗养治病，也有人说是因为这里有一条像极了"命"字的长河，还有人说这里有几个神奇的洞穴……既然打定了主意，五人便利落地出发，搭车去往这个巴马著名的村落。

到达长寿村已是入夜时分，寻了间旅店，进门就见到几位还没睡的长寿老人正在纳绣花鞋，看来劳动也是长寿秘诀之一。那么，穿长寿老人绣的长寿牌

绣花鞋，多少也会有点帮助对不对？就算给自己一点心理安慰吧。于是来上两双，纵然价格不菲。

　　最后我们找到一间小旅店（所谓的旅店其实就是寻常村民家）。女主人是当地的老师，一听我们是来支教的，当即便宜了二十。放下行囊，五人又意犹未尽地出门夜游。走过无人的玉米地时，好不容易才忍住了偷玉米的贼心（时刻注意老师形象）；摸黑爬过木索桥，感受着长寿村小风阵阵。

　　这里果然与众不同，连空气里都透着丝丝特别的香甜。我再次提议，今晚使劲呼吸排毒吧。于是，在星空下觅到一块空地，五人呈瑜伽式打起坐来。

　　"不如，每个人都敞开心扉，聊聊自己的过往或心结吧。"小运冲我们坏笑。

　　"到了长寿村，见到长寿老人，证实了有一点很重要，活得简单，心里无

我戏中的爷爷也来自巴马，应该是中国最高
龄的演员啦，那年他104岁，还长了新牙！

事。但说着简单做到太难。"我也感慨。

"心得宽，懂得放下，生命也就更宽了。"小齐同志多文艺。

"那，从小鸟开始吧！"小熠直接切入主题。

"啊，说……说什么呀，我没有……"她是真的忘记那天的酒后真言，还
是故作不知呢？

"小鸟，我们有缘相逢在人生路上，就是哥们儿，你要信任我们，讲出
来，就是放下的开始，你那天喝多了以后……"

　　"好了好了，容小鸟自己决定。这样，小运脸皮厚，你先讲。"我跳出来替小鸟解围。

　　于是这一夜，我们聊得昏天黑地，把心事讲给了大山，把烦恼放在天地间，把信任，交给了路上的朋友。明天，我们又可以一身轻松地上路了！

好心的司机叔叔

从县城回去的车成了问题。

人们大多都不愿意拉我们上山，因为知道山路凶险。眼看天光渐暗，我们使出浑身解数，终于"忽悠"了一位师傅，强行上山。"我们是来这儿支教的老师，明天一早还要给孩子们上课呢！""师傅，我们可以给你指路的，不远。""你不送我们回去，我们今晚就没地儿住了。"我们一个个苦苦央求着，甚是可怜。"你们这些娃娃，胆子也挺大的。行吧，上山！"师傅犹豫半晌，最终勉强答应了我们。

开过柏油路，司机就开始问："还有多远？""快了，应该快了。""咦？好像走得不对哦！"停车一看，果然陌生。狭窄的山路无从掉头，只能硬着头皮一路向前。手机没了信号，这样走下去是哪儿？嵯峨黛绿的群山在夜色中忽然露出危猛凶恶的本质。

我们开始乱得像无头苍蝇。千钧一发之时，小运突然回过神："往前走，这样走能到乡里！"原来，那天他偷偷坐主任小摩出门，还算长了些见识，记了点路。我们悬着的几颗心这才又落回了实处。

到了乡里，给蓝校长打电话，得知我们下早了一个岔路口。不得不承认，这次指路的又是路痴我。得掉头重走。天越来越黑，师傅开始埋怨："还不到

啊？我这车开不得这种路呢，底盘太低，真不该载你们。""师傅，坚持就是胜利，快到了。""车费还不够我回去修车呢，早知道这样我不拉的。"师傅喃喃了一路，我们无言以对，知道他一是心疼车，二是有些害怕。毕竟，深山老林夜深人静，我们五人他一人，彼此陌生不信任，偏又不知何处终点，毫无安全感可言。

到达长洞小学的时候，天几乎黑到了底。车被颠了一身泥，司机叔叔叨叨了一路，此时声音中俨然透着哭腔。我知道他这小车过山路真的很危险，于是下车时，多塞了一百块钱给他，抱歉地说："司机叔叔，对不起啊，你不送我们，我们就回不来了。"他看看手里的钱，一把塞回给我："不敢相信，以为你们就在大路口，没想到跑这深山里头教书，我住县城也从没上来过。条件不好，你们心好，我应该谢谢你们。"说着，他把自己车后备厢里的矿泉水全拿出来塞给我们。"给你们在山上留着喝！"我们脏兮兮的五个人望着小车一路驶远，回想起他一路唠叨，最后却只留下一声感谢，不禁泛起心酸。

在路上，遇见很多事，也看淡很多事。

唯有人与人之间的情谊，是无价的。

长洞小学是我家

　　或许是因为山里的空气简单纯净的关系，奇迹般地，我每天都能睡得如蜜般香甜。也不知是不是与你们在一起的时光太过快乐，十多天的日子恍若一夜之间。到底要经历多少离别，心里的小雨滴才能不落下。

　　这日清晨，平素晴朗惯了的大山忽然哭了起来。那一夜，我辗转难眠，五点钟就爬起来，想最后拍一组孩子们的晨曦。他们呆呆地望着我，不敢问，心里却在纠结着我是不是今天就要离开。看着他们从梦中醒来，大的帮小的穿衣服，互相叠被子，用一双小手拧着毛巾洗脸，在雨中的操场上奔跑……雨水湿透了他们小小的身体，镜头背后的我像位母亲似的痛心入骨。

　　一些孩子蹲在教室门口，望着远处一言不发。下雨了，你们就会变得很忧

郁。我知道的，在没有阳光的日子里，你们会格外想念妈妈。雨中的群山变得如此阴冷寂寥，却没有人提醒你们，多穿点儿别冻着。昨夜的雨丝一定透过没有玻璃的窗户淋湿了你们的梦吧。

蓝校长从昨晚就开始坐立不安，望着早起的我，又看看天，半天才苦涩地开口："下雨了，山路很难走，早点出发吧！""不，还有一堂三年级的音乐课，说好了今天要教他们写歌……"转身离去，悲伤涌上头顶，顿时泪如雨下。

于人而言，最难受的莫过于动真情，却无疾而终。于我如此，于孩子们又何尝不是。天下没有不散的宴席，我们终要面对别离，走上归途。

回到上海工作，花了许久的日子才渐渐重新适应城市动物的习性。总在一瞬间，脑海中会浮现孩子们开怀的笑容，或是难过的落寞。睁眼闭眼，挥之不去。我对家人说："让我收养几个孩子吧！我好想他们。"家人笑我："你内心还是个孩子呢！"

"今天，老师……"其实我不说，孩子们也早已知道我要离开，一个个面色凝重。小运说，半夜时听见隔壁宿舍传来孩子们的哭声。"老师曾写过一首小诗叫《蜗牛爬爬》，蜗牛爬爬，来自遥远的巴马。蜗牛爬爬，背着重重的小家。蜗牛爬爬，从小离开妈妈。蜗牛爬爬，浪迹天涯。这个蜗牛爬爬呢，是小江老师，也是你们每一个。未来，我们所有人都要自己去闯世界。我们都会离开爸爸妈妈或我们的好朋友。但，只要我们不忘记我们的家在哪儿，我们就会相聚。因为有思念，我们的心又会爬到一起。"

孩子们哭了，在晶莹的泪光中，我们彼此拥抱着对方的心。最后一堂音乐课，我们用五分钟创作了《长洞小学之歌》，孩子们写词，我谱曲。雾蒙蒙的大山是我们的灵感，淳朴的心灵是我们的音符。

长洞小学是我家，

老师就像我爸爸（妈妈），

同学把我肩膀搭，

相亲相爱是一家。

　　没有华丽的辞藻，只有最朴实的言语。我谱写出最简单的旋律，却深藏着与长洞最深厚的情谊。

　　我把孩子们的歌声录在了手机里，伴我回到上海。无论在话剧舞台上，还是忙碌在不同的城市间，我都会被它轻易地带回最淳朴的大山，回到孩子们单纯无邪的童话世界。

　　县里派来的车已在学校门口等了半小时，黄主席催促我赶快下山。手里拿着老师们送的红鸡蛋，孩子们画的图画，送别一刻，突然觉得千言万语都力不从心。孩子们求我留下我的照片，他们为我唱我教他们的歌，他们追着我的车在泥地里一路奔跑……我的眼泪从长洞一直流到了县城。

　　孩子们，小江老师不得不去工作了。但我们并没有分别，我把心留给了你们，那是天上最亮的一颗星，在你们想念的时候，抬头看，我就在你们身边。

你好·江老师

你走以后,我们大家都想你😊

你教我们的歌,我学会了。❤

江老师你去北京?你想我吗
我们三年级太害羞了
我好想你😊 ❀江老师?谢谢你

最后告你们的鞋子和衣服😊

我想,❀对你说❤谢谢你❤
江老师我爱你

蒙金花

我的爬行者们，继续留在了学校……
2011年11月，广西，长洞小学

公益爬爬：
爱，是这个世界最美的风景

再见，小嘎牙

离开小嘎牙，便开始一刻不停地忙碌。早八到晚八，标准的城市上班族生活。

想念村子里的孩子们，也许他们还会每天一大早跑到村口等我；想念那永远乐呵呵的长寿老人，好像他们这辈子都不曾烦恼过。

北京，一月不见就生出许多陌生。必须不停地努力，去适应所有的转变。以前的我对这样的节奏应该会很厌烦吧。不喜欢委屈自己，不喜欢去比较，只想随心所欲，就算把生命浪费在美好的事物上，也值得。然而出人意料的是，小嘎牙的平静反而给予了我很多热情，就像一场难以解释的化学反应。这次回到北京，发现自己变得好乐观，连去打点滴都可以把吊瓶拍得像麦克风，走到哪儿都想唱歌，都想点头微笑。皮肤不再苍白，是健康且充满力量的麦黑。不小心流鼻涕也是因为已经习惯在小嘎牙日晒雨淋的我，面对被空调统治的城市森林而产生的生理不适。

我应该更努力吧，虽然很是怀念在小嘎牙望着大山发呆的日子。那些日子，让我懂得了梦想的价值。想象免费，梦想却无价。努力，不是为一个个体，而是为实现更多人的愿望。因为有爱，有情，才要去奋斗。如果我很好，便希望那些可爱的人都这样好。

在小嘎牙村的最后一天，爬夜山路的最后一次。几个小朋友摸黑走小路追上我，将他们亲手制作的小卡片塞到我手里，上面歪歪扭扭地写着："姐姐，我们的礼物不够好，希望你能接受。"孩子们，对不起，原谅我无法用镜头记录下你们所有真实的美丽。这大概也是亲历者幸运的地方，所有的感动都以最直接的方式铭刻于心底。

如果不是因为拍电影，或许我这辈子都不可能到达小嘎牙。

当我来过小嘎牙，注定要用一生去守护它。

艺术爬爬：
没有风的日子里，
梦想可以飞翔吗？

艺术爬爬：
没有风的日子里，梦想可以飞翔吗？

妈妈有我们一个清醒的头脑,

　　　　我们却用它制造烦恼,

妈妈给了我们一个健康的胃

　　　　我们却吐得一片狼藉

　可是 妈妈 我只想找到

　　　　另一种生活.

吉他手·小江

情字易写，遇见一个对的人却是不容易的事。

年少时以为感动、冲动，以为有一个家就是爱情。

长大了，越来越不敢触及，惶恐这个，担忧那个。

不容易犯错，也没有了勇气。

于是，"剩男""剩女"就像星期一下午北京二环的交通，拥挤而无奈。每个人都透过自己的车窗感叹对方的孤寂。我们被束缚了，纵然停下来等待，也无法开启自己内心的门。

那就写一首情歌吧。其实，所有的流浪都是为了寻找你⋯⋯⋯

初恋情歌

你是一只猪　穿黑色衣的猪
忽然有一天　爱上这只猪
我变成一只猫　雪白的波斯猫
只为唱这首歌　送给我的猪

我的黑色猪　你到底在哪里
请快快 call me 不然我掉鼻涕

我的黑色猪　我真的喜欢你
如果你愿意　我想嫁给你

1999 ♡

云游

我就坐在你对面听你唱歌。

听见你的悠然自得。

这个角落是你心中的舞台。

尽管，身后繁华的霓虹模糊了眼睛，车水马龙淹没了耳朵。

你依然唱得悠然自得。

你也许听过我的歌。

不及你洒脱。

所以我现在是你的听众。

在你宁静的聆唱中辨知自我。

我在你小小的世界被打动。

如果不是这般感动，我们也许就擦身而过了。

也许，是同生命擦身而过。

现在，

我很欣慰坐在你对面听你唱着歌，

听着你的，悠然自得。

——致流浪歌手

路人，流浪歌手和我。

——江一燕，摄于云南

日本——东京

第一次去东京，是因为喜欢山口百惠。

那时候还只是个孩子。

第二次去东京，是因为看完电影《迷失东京》。

有时候，迷失也是绚烂的。

第三次去东京，是因为要流浪，游学是我最爱的方式。

于是，背着一把木吉他只身上路。

第四次去东京，是因为回忆。

每一点孤独，每一次收获都值得纪念。

音乐专辑《星光电影院》《用爱呼唤》

陪我睡的哥们儿

现实也许不如想象，
但理想永远阳光灿烂。

——江一燕，摄于北京家中

幸福感来自一天一夜的崩溃之后。

当创作变成机械式，当睡眠变成完成式，当吃饭变成
自由式，生活便是眼巴巴看着天亮又天黑。

终于写完十分之一！！我幸福地昏睡过去，忘了洗
澡，忘了刷牙，忘了爬上床。

我在地板上和乐谱一起睡着了。

十年一剑

Lyric（词）:江一燕

任凭直觉勇敢走我的路　用右脑想右脑爱执着顽固

所以天生是演员的我　　感性太多　理智荒芜

海誓山盟曾经晕眩了我　也曾疯狂地为爱粉身碎骨

所以要点掉悲情黑痣　一切颠覆　从头开始

脱掉疲惫沉重的外衣　让我绽放独一无二最璀璨的光芒

音乐里　镁光灯中央　要让世界震撼

回想多年以前　背着行囊穿过陌生惶恐

异乡漂泊流浪是我成长的足迹　坚定的路

（而）太过自我和沉默　在利益战斗中庸人自扰

闪耀着顽固泪光　划破星空　终于感动了天

佛说　世事轮回　今天轮到我坐庄

十年一剑　我不比尘世谁更妖艳　浮华　张狂

昨天的灰姑娘　耐力磨炼出翅膀

翱翔在巨浪中　生命有了无穷的力量

这不仅是一个舞台，
也是人生。

——江一燕，摄于东京原宿

与理想死磕

站着，坐着，跪着，躺着……

可是，她像我一样情绪化。她一不高兴，我无论如何叫不醒她。

我的嗓子小姐，向我发起了一场关于理想的挑战，我以处女座的优良品质与她对抗到底。

于是，每一点小小的实现，都挣扎在无限的自我坚持中。

没有理想会被鄙视，实现理想会被质疑。

理想主义的悲哀。

尽管，现实不适合理想，可也不能放弃理想。

困难像敌人的子弹，你不消灭它，倒下的就一定是你。

所以，我们没有选择，我们无法后退。

我们越过内心的恐惧，我们接近了理想。

其实理想仅仅是做自己喜欢的一件事。可是，没有什么收获是轻而易举的。

若不是这样的欣喜、沮丧、颓败、坚持，人怎会明白理想的可贵，又如何懂得珍惜？

我们睡吧，让时间醒着。

———江一燕，摄于日本京都

给自己的歌

Lyric:江一燕

用黑色眼睛去寻找光明吧　　也许每个梦最初都带着疯狂
点一首歌给自己一点力量　　温暖内心里最柔软的地方

寻找　一种生的方向　　　　像帆　在惊涛巨浪里坚强
也曾受伤　也曾迷惘　　　　但还骄傲地歌唱
小小的翅膀　　　　　　　　撑起了完整的力量

能不能一直唱不停地唱　　　当作是给自己鼓掌
温柔的倔强　　　　　　　　逆着光也自由地飞翔
我可以　一直唱不停地唱　　小小的勇敢大声唱
就算最爱的　　　　　　　　并不在我身旁

体会生命中无尽的孤独吧　　那是沿途中传来的动人乐章
虚度的时光也是一种成长　　为爱受伤过才懂得爱的晴朗

寻找　一种生的方向　　　　像帆　在惊涛巨浪里坚强
也曾受伤　也曾迷惘　　　　但还骄傲地歌唱
小小的翅膀　　　　　　　　撑起了完整的力量

能不能一直唱不停地唱　　　当作是给自己鼓掌
温柔的倔强　　　　　　　　逆着光也自由地飞翔
我可以　一直唱不停地唱　　小小的勇敢大声唱
就算最爱的　并不在我身旁

能不能一直唱不停地唱　　　当作是给自己鼓掌
温柔的倔强　　　　　　　　逆着光也自由地飞翔
我可以　一直唱不停地唱　　小小的勇敢大声唱
就算最爱的　　　　　　　　并不在我身旁

人鱼

她从太平洋深海悄然而至，顽皮地钻入林间。

她融化在自然里。赤裸的身体被憨厚的树群环抱着，绿色将她衬得如此雪白。

双脚离开水太久，便没有了呼吸。她软软地扑进了一个水池。温度让身体失去了控制，血液被凝固。

她在甜香的空气里睡着了……头枕着小草，身体在泉中漂。

她不知道自己睡了多久，是清晨的雨滴落在睫毛上，偷偷亲吻了她的脸，她醒了……她微笑着，擦去脸颊泪一般的雨水。

请相信，人鱼来过，当人们还在梦中的时候。

放松才有想象，坦然才会快乐。

寻找“罗马假日”

　　时间让人相信“罗马假日”可以永恒，“罗马假日”让人相信爱情可以永恒。如果不是因为擦肩而过，我一定会买个冰激凌坐在威尼斯广场上悠闲地等候，即使只能遥望到那样的爱情。

　　我不是安妮公主，我是灰姑娘小江。

与你同在

暑假，还是属于我的假期吗？

不由得想起那年夏天，与你同在的夏天，那一双双白球鞋和疯狂的杀人游戏。

人都是回忆的生物，我尤爱怀念。于是，又想你们了……

青春的岁月

放浪的生涯

就任这时光

奔腾如流水

那时候迷恋老许，驾车狂听一路，在旷野号唱，直到一个个声泪俱下。

其实，我们都心羡闲云野鹤的生活，却始终奔波在云谲波诡的城市。

无奈，这就是人生。我们常常无从选择……

今年的暑假，开始一段朝九晚五的前行。学习总是快乐的，也会让某种喧闹变得踏实。只是，几个百思不解的大同学愁眉相对，锅碗瓢盆一阵乱敲，难为了老师的无奈，迸发了我们的激情。

平淡一天平淡的心情

平淡一天简单的心情

就这样坐着望着那窗外

天边的云彩随着风变幻

就这样坐着望着那窗外

让轻风路过这房间

就这样坐着望着那窗外

让阳光温暖　我的心

电影《与你同在的夏天》剧照

那一瞬间

突然下了好大的雪，画面中缓缓摇出一片白色，纯净得令人窒息。

那一瞬间，会让人忘却所有的不安、焦灼和恐惧，会让芸芸众生为角落里某一个孤独的身影心生怜爱。

一切都在那一瞬间充满了希望和美好。

而短暂的一瞬间记录在胶片中，便成为永恒。

每个人都在为追求这份永恒而努力。

下午四点钟，一群身影在大雪中捧着盒饭匆匆午餐。清晨七点钟，当人们从睡梦中醒来，那一群身影刚刚收工。

这份职业无疑是幸福又残酷的。回到初衷，一定是每个人都对它怀揣着太多的梦想。

时隔四年，我才拍了自己的第二部电影。但那种感动并没有消退，反而更加强烈。我在慢慢地寻味中渐渐读懂了它。

万有皆逝，唯精神永存。而电影，便是传达这种精神的最好方式。

电影应该传达一种正能量，
唤醒日益萎缩的心灵。

——江一燕，摄于挪威

　　我总是在想，下一部一定要演喜剧，以此安抚我失去的眼泪。

　　如果无从选择，我对自己说，我再也不能在生活中流泪了。

　　恐怖的AB组生活，让我极其怀念赖在家里的日子。每每在一个居民区拍摄，总忍不住抬头看看那温暖的灯光。

　　有时候，觉得如果自己只是拥有一份普通的工作，拥有一个普通的小家，如果一切不是这样开始的，是不是也很好？

　　漂泊的生活会让人没有安全感。难道，一定要勇往直前吗？

　　不。

小白不见了

不敢照镜子，也不敢不化妆出门，我成了一个"染色体"。

我正处在从小白进化到小黑的途中。这是一个相当残忍的过程：

2009年5月16日，孙周导演的新电影《秋喜》开机了。为了找到剧中疍家妹秋喜从外到内的状态，我首先买了把躺椅，又买了瓶古铜色助晒油，准备在广东的烈日下暴晒。就在我四仰八叉躺在院里"享受"日光浴的时候，一阵倾盆大雨袭面而来，"日光浴"瞬间变成"日光淋浴"。

随后，助手跑过来通报，橙色警报了，南方这几天要下暴雨。

天哪！我的暴晒计划泡汤了。

暴雨持续了好几天，急得我脸上憋出好几个痘。不单是广东，广西也有大雨。我的小嘎牙的小朋友们躲好了没？

著名的孙周导演是名副其实的"黑马王子"。他总是在现场向我"炫耀"他黝黑的肌肤，这无形中给一个如此热爱艺术的文艺工作者很大压力，我第一次强烈地体会到——"黑"也有黑的优势。

经人推荐，有一种可以直接抹上就会变黑的油，我买了。说是什么美国发过来的秘方，广州生产。我们一致觉得有一股染发膏的味儿。化妆小熊自告奋勇："先抹我腿上试试！"四小时过去了，毫无变化。他建议我放弃。

为了艺术的完美，那天睡前，我还是决定试一试。于是我严格按照说明，在洗澡中去了好几层角质，历经一个多小时后，将"美黑油"抹于全身，以及

电影《秋喜》

——郭晓冬，摄于广东

我最娇嫩的面部。说实话，从小七大姑八大姨就总夸我会长，脸是全身最白的地儿，不爱长东西，所以很多人形容我是"长得干净"。

没想到这一觉的蜕变，让我心碎一地。

我真的不白了，也没黑。浑身变得蜡黄蜡黄的，还非常不均匀，活像战争年代土堆里爬出来的孩子。在此我就不附照片了。因为哭了好几天了。

我成了一块被染色的布。

导演打趣说："完了完了，为艺术破相了！"

我的super（超级）妈咪

在Glit的眼里，我就像一个还没长大的小朋友。小小的个子，小小的身体，眼睛也小得不能再小了……她每次见到我，都要给我一个熊抱，我几乎是被她拎到空中，然后亲亲右脸亲亲左脸。

"Glit！"我搂着她的脖子说，"我真羡慕你蓝色的大眼睛，长长的睫毛和金褐色的鬈发。"虽然已经是一个十几岁少年的母亲，可她看起来依然是我儿时做梦都想要的洋娃娃。

我们俩"咯咯"笑着，仿佛没有国籍、语言与文化的距离。当然，我们俩也有驴唇不对马嘴的时候。

电影*I Phone You*工作的第一站是重庆，我见到她的时候，她已经有几天没好好吃饭了。我买什么都会为她捎上一份，可她对重庆的美食似乎不来电。于是，我拿出我的撒手锏——泡椒凤爪——也是我的最爱。想当初拍《双食记》吃上瘾后，经常团购，搞得整个剧组随处可见工作人员在一旁偷偷啃鸡爪子，最后全剧组都上火了。

Glit纳闷儿这是什么东西？她的表情很奇怪，我连忙用我张牙舞爪的英文告诉她这是"claw（爪子）"，然后指着自己的脚说："好吃！好吃！"

一个月后，我们转战到了她的家乡柏林。某天在化妆车上，我居然看到她的镜子旁放着一袋凤爪。

只听我一声惊叫"Glit"，然后开心地抱着她蹦起来："你上瘾了！欧耶！"只见她先是一脸惊恐，随后和另一位化妆师哈哈大笑。后来我才知道，德国人根本不吃鸡爪的，并且他们非常不理解中国人为何这么爱吃这玩意儿？只是她舍不得丢掉我给她的礼物，所以偷偷带到了柏林。最后，还是这包凤爪解救了我在异国的思乡之馋。

我们第一次见面是我刚从《假装情侣》剧组杀青，导演请她为我定妆。说实话，让外国化妆师化妆我心里很忐忑。亚洲人的轮廓与他们实在太不一样，

活得复杂容易，
活得简单却很难。

——江一燕，摄于柏林

如果按立体度对比，我的脸充其量也就是个饼。

　　只见她光着脚走过来，嘴里哼着歌，嘴上叼着梳子，抓着我的头发好一顿揉，用一只天蓝色刷子在我脸上三下五除二来回一扫，十分钟后造型就做好了。天哪！眼前这个头发蓬乱的小姑娘就像只刚睡醒的猫咪。要知道《假装情侣》中我的妆可要化两小时！！这分明是对我不重视。我有些不开心她不够细致，根本没有为我打造传统意义上的美女妆。于是，我只能自己常在脸上加点"料"。有一次，Glit捧着我的脸认真对我说："You are so beautiful，don't do that."

　　后来，看了监视器我才了解，自己画蛇添足了。在她眼里返璞归真的美才是最真实的美，这样的美不失个性。我们总力求化成大眼睛长睫毛，PS尖下巴，人人都一样，美又有何意义？

　　做减法。Glit是在帮我做减法。她并非没有研究我，只是她看到我最自然的美。她说，她喜欢我东方的小眼睛！

　　在欧洲的日子，不仅学会了对"美"做减法，更学会对生活做减法，对表演做减法。

　　简单，才会真快乐。

欲望之《双食记》

　　女同志们集体观摩了《双食记》的内部放映，得出了一致感叹：这是一部具有文艺气息的惊悚教育片。

　　小江的初次激情表演令现场鸦雀无声，这般寂静比掌声来得更令人面红耳赤。

　　赵导演急了，你写两句，关于咱们的电影！！

　　我只觉得自己还身陷其中，要把这样深刻的关系解剖得透彻，太不易了。

　　性是一种危险关系，但不一定是欲望。

　　占有是一种欲望，它常常毁灭了爱情。

　　还是星云大师说得好，**喜欢的一定不要占为己有。**

　　可是，人哪能都有那么高的境界和控制力。

　　所以，我们注定是要痛苦着……

艺术爬爬：
没有风的日子里，梦想可以飞翔吗？

吸引也是指引，
最初也是最终。

——江一燕，摄于台湾

杀青感言

三个半小时睡眠的元宵节，我走出了她的身体。

也许，是还不够接近她的灵魂。

她残缺的美，是我完整的遗憾。

结束那一刻，一切出奇平静。等待完成，却是永远的未完成。

S说我是优质女青年。

我说我的"质"一点也不"优"，体弱多病。

S说那就简称"女优"吧。

我乐了。我真的变得不爱哭了。

把情感释放在别人的故事中，剩下的我冷静异常。

可是，可是……

S安慰我：

这是一部戏剧。

这是两个月的日子。

这是一份要用平常心对待的工作。

这是我再次走进别人的生命，审视我自己……

谢谢陪我走过这些日子的我的好朋友们。

战地日记

　　曹老师说，这是一次感性的合作。

　　战地的情绪延续到生活中，硝烟弥漫。所有的挣扎都得到验证，是冒险者莫大的悲哀。

　　最无私的爱和最自私的人性，正如我用两个夜晚读完的《追风筝的人》。

　　陆老师说，电影让人感知到爱情。

　　在胶片里，它可以留下永恒。而现实的爱情越来越易在周遭的生活中程式化地老去了。

　　陈老师说，爱情存在于信念之中。

　　它曾经给予了强大的力量。它曾经超越了生死。可是最后我们发现它不过是浮云一片，只能任它远去，而无力握紧。

　　小江说，在电影里，她感受到比爱情更伟大的力量。

　　Everytime you think he(she) is the one，but he(she)'s not. Then you get old.

　　所谓的坚持，不过是个人力量，然，爱情不是一个人的事。

　　电影比爱情有越来越多的存在价值。

　　那是一种精神的存在，是不会轻易改变的。

或者醒来或者沉睡，
灵魂似那一束光。

——陆川，摄于长春（电影《南京！南京！》片场）

一出戏的悲喜若人生，
有人冷静有人懂得。

——江一燕，摄于长春

Who am I?

不为情绪所累，
是人生一大智慧。

——江一燕，摄于长春

我和一个叫苏菲的小姑娘一样困惑：我是谁？

游离于各种角色，用不同的胭脂渲染，用不同的姿态抵抗。似乎越来越清晰于尘世的虚幻，偶尔的尖叫也只是为了打破真相。

除了爱情，我们已经足够理智。

我常常为你感叹。爱情越浓烈，越易燃尽，而你在灰飞烟灭后还必须重生。

我常常心疼你，爱情越真实，越无情。而你每一次都像第一次那样信任。

你被制服裹紧的感性，其实那么轻而易举地便被窥探。大部分的轰轰烈烈死于欲望，而你在他人的欲望中寻求安全感。

我不止一次地笑话你，其实，我还不是一样。也许我不是你，也许我是。

你说，我们生来便在寻找爱，这注定了我们的痛苦。爱情总会消失，唯有记忆，可以久远。

你给了我一个角色生命。你给了我一双耳朵。
让我看见未知的自己。让我听见心灵的声音。

——花，摄于香港

她从水中来

十二小时。三十次。雨戏。把秋喜的灵魂彻底浇化了。

她是那么倔强，常常拒我于千里之外。她又那么柔软，敏感得连一丝微风都会掀起她的伤痛。

让我如何舍得？

无力。

你自由地来去。

杀青是一件疲惫的事，它让你想了很久，可突然又害怕它离开。

你又只是你自己了。不，你只剩你自己。

每个人都在继续为《秋喜》忙碌着，在广东盛夏七月。我的离开显得那样无情……

好想拥抱一下孙周导演，他的表达如他的人一样简单。他给了我很多帮助，可杀青那一刻走到他面前还是只敢说了声"谢谢"。

师哥晓冬说我走了以后他一天都不能休，我说我很久没有吃他在现场给大家发的大蒜大葱了。

永远忘不了孙淳老师和丽丽姐收工后牵手而去的温暖画面。爱情不就是能在一天的疲惫后牵着对方的手回家吗？！

即使到了五十岁、六十岁、七十岁、八十岁、九十岁……

祝我们都幸福。

还有你，秋喜！

即使有一天分别，
我们也永远不会在彼此心里消失。

——江一燕，摄于德国

青春：无目的地美好生活

有多美的音乐，就有多美的想象。

有多绚烂的美好，就有多沉重的哀伤。

所以，人越成熟，就越不敢触碰。

阴天，我在二环路上听到了这样的旋律，美得几乎窒息。我对小男孩说，为什么它美得让我如此难过。

忽然决定掉头回家，放下所有工作。只想自己待着，把音乐声开到最大。忘掉理想，忘掉要做的种种努力。这一刻，只允许享受。

你笑着说，我最大的优点和最大的缺点都是太过敏感。容易被打动，也就容易迷失。

那就无目的地美好生活吧。

"青春"接近尾声，我们已经习惯了离别，更多的是怀念。

美好总是瞬间的，要握紧也许就会失去。

那就顺其自然吧，那就更坦然吧，那就无目的地自然生活吧。

只要我们是相爱的。

胶片电视剧《我们无处安放的青春》剧照

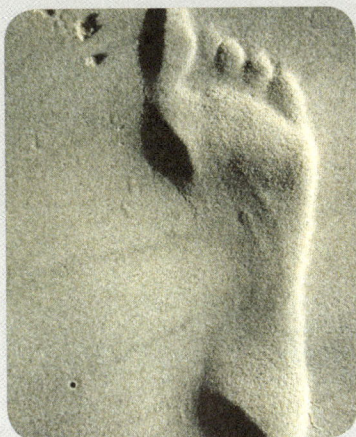

旅行爬爬：把快乐留在心底，把悲伤遗忘在路上

我到了一个我妈说她从未听说过的地方 一个人
原来 我的身体里一直住着两种基因
宅女与流浪汉

——韦来，摄于美国

Life and Dream
2011.1.1

　　十二月，得知我的visa（签证）是一年有效，便立即决定前往Australia（澳大利亚）。

　　从选择城市到book（预定）学校只用了不到半个月时间。2011年的第一天，我已经准备好行囊。

　　一切安排就绪才想起通知家人。

　　当然，他们对于我放下工作，寄宿异国他乡多少有些费解。妈妈的意思是在国内也能学习，还有人照顾，跑那么远寄人篱下能习惯吗？

　　朋友们的疑虑是：嘿，你一个人能行吗？

　　尽管从小离开家，但多年的工作已经让我习惯了优越的生活。遇到问题也有同事助理帮忙分担。所有人都爱护你，即使走在路上也会有人追捧。如今一个人跑到一个完全陌生的国度，没有朋友，没有熟悉的语言，一切问题都只能自己应对。

　　有过忐忑，但兴奋最终镇压了惶恐。人这一生中至少该有两次冲动，一次是为了一段奋不顾身的爱情，另一次是为了一段想走就走的旅行。

　　我要去流浪啦！！！

　　想起曾经喜欢过的偶像，在不同的阶段影响过自己。多年后，忽而发觉，其实他们之间冥冥中都有着某些相似之处。更有意思的是，你发现，你越来越像他们了。

　　今日的我，只要心有信念，便会勇往直前。

天涯海角

起飞了。没有翅膀但有理想的爬行者。

——江一燕，摄于柏林

女孩和男孩相约去天涯海角。

男孩拉着十七岁的女孩，幸福触手可及。终点并不遥远。永远，却只是短暂的瞬间。

忽然，女孩裸露的脚趾被路边一块不起眼的小石子磕得鲜血淋漓，在距离天涯海角只有一千米的地方，她无法前行。

那个时候，她当然不相信冥冥之中很多巧合就是宿命。

男孩背着女孩走到"天涯海角"，在这刻骨铭心的四个字前两人照了一张相片。

女孩笑得真灿烂。

她天真地以为，只要能到达天涯海角的恋人，就一定，能到达永远……

回忆，是无声的电影。

——江一燕，摄于布拉格

没有分享，再美也难有回忆。

——江一燕，摄于台湾

生娃记

Nick的晚到差点让我以为自己下了飞机就被遗弃了。

正找了各种城市简介以备迷失后辨别方向，只见远处一辆写着"Welcome Kiki"的白色小车迎面驶来。

阳光洒进车窗，我眯起双眼，一个人的旅行真实又迷幻。

关于游学的念头早些年就在心中生根发芽，却迟迟没结果。读书的时候抱怨过自己怎么不是个"富二代"，海归做不成做个海鸟也行啊。老妈听了冷冷地说："下辈子你再找个好人家吧！"

算了，贪婪只一瞬，我其实很知足。我要靠自己的双手打拼天下，将来想去哪儿就去哪儿，想买啥买啥。

工作以后经济是独立了，时间却不是自己的了。欲望这件事我不否认，谁能清净得一尘不染，只是它常常与本我做斗争。所以，"放下"这两个字是佛曰的至高境界。

每次想远行，身边总有各种声音此起彼伏，"你抓紧时间啊！成名要趁早啊！你轻松一小步别人可得迈进一大步！"不愿与别人争执，所以永远只与自己较劲。只是你发现，迈了一小步再迈一步，还想迈一大步。不，你永远也停不下来。站得越高，越是危机四伏，欲望像荆棘一样缠绕你的身体，将你困在中央，进退两难。

每天人们都在欲望堆里恶战，并且是一场永恒的战役。

我佩服那些斗士，也相信性格决定命运，但我更想成为自己想成为的人，享受本该拥有的青春。终点固然重要，沿路的风景也是生命美妙的旋律。

记得某位大龄青年曾经抱怨过："钱、名都有了，但身体没了，爱情错过了，青春更是没停下一刻去享受。"

拥有一份轻松的喜悦何其难，而老天终会将得失分配得如此公平。

江小爬，你想要什么？

是的，只有当你知道自己要什么，才不会犹豫，不会随波逐流，更不会遗憾。那么遵循自己的心，出发吧！

Nick一口的东北腔打断了我的思绪，才发现沿路金色的海岸线止不住美丽。这位帅男孩是我在互联网上找到的，帮我接机及安排homestay（居住在当地居民家中）。身在异乡的人总会有种很自然的亲切感，一路上我们聊澳大利亚的经济、人文和环境，还无意中聊起了在澳大利亚生小孩的事情。我说在这儿的孩子可真幸运，一出生就是阳光灿烂。他说当父母的可没那么阳光了！在澳大利亚的私立医院生宝宝可能需提前一年才能预定到床位。啊？那岂不是还没怀上就要先把位置占了？！计划能赶得上变化吗？

呵呵。

即使是这样，在澳大利亚生娃娃依然很兴旺。也许是这里太美，太悠闲了，微风一吹，浪漫便漂洋过海款款而来……

心动了。

心动了！没行动！

爱，
就是世界上最美的风景。

——江一燕，摄于布里斯班

一个人踱步来到家对面的绿林，撑着米白色的小洋伞遮阳。

小小的身影浸在一片青绿之中，即使是旁观者也定能体味到惬意吧。

坐在森林里阅读，热带雨林的微风伴着鸟儿与小昆虫的鸣唱拂过心灵。

多么寂静的午后，

也曾感觉寂寞吧。

于是，鸟儿飞到你的长椅上。

于是，枝叶飘落在你双膝，

小雨忽而滴滴答答地轻拍你身体。

你哪里孤单，

自然万物都与你心心相息。

　　想给陪我读书的鸟儿照张相，没想到拿起相机
你就落荒而逃。

　　多么害羞的你啊！

旅行爬爬：
把快乐留在心底，把悲伤遗忘在路上

Homestay之育儿经

Marissa和Allan是一对年轻父母，他们有一双儿女。

三岁的Emily是个小人精，声音哑哑得像个小女巫："Hi, Kiki! Welcome to my home."

小男孩Marc很害羞，总喜欢躲在妈妈身后。

其实，对于我这样的寄宿客，两个小家伙早已不陌生。他们家每年都要接纳很多外国学生，有的甚至是常年就把这儿当家。对于留学生来讲，住家比住酒店便宜，比学校自由，还可以更好地了解当地文化。在澳大利亚，这样的国际大家庭并不鲜见。很多父母不工作，在家带孩子，接纳留学生也可以有一份丰厚的家庭收入。

我的房间被安排在二楼的主人房隔壁。一楼还有一个日本学生和一个法国学生。安顿妥当已是黄昏，房间虽比自己家简陋，但拉开窗却可以看见北京没有的风景。晚霞是火红的，云层像花海铺满了整个天空，远处星星点点温暖的小洋房顿时将我的疲惫和陌生瓦解。

旅途工作中住过许多城市的五星酒店，唯这一次我自己的选择最特别。不管走到哪里，有个家，心就不会漂泊。

一张单人小床上放着礼物，一个毛茸茸的澳大利亚小考拉和几支印有当地特色标志的笔。一家人的形象笑盈盈地出现在脑海，"Kiki同学，好好学习哦！"

"Kiki！Kiki！"小女巫在叫我。晚餐开始了，男主人做好的鸡排配土豆，还有几根蔬菜点缀。

外国人吃饭其实很简单，在我们看来都是便餐，边吃边想他们要是去了中国，我妈肯定烧一圆桌的菜招待他们，饭后甜点是两片吗丁啉。

六点半闹钟响了，妈妈说："Ok，bed time!"我被吓一跳。还没缓过神来，两个小朋友已经自己手牵手上楼去了，六岁以上的还可以待在一楼看电视或在客厅里玩。不一会儿，爸爸从楼上湿乎乎地走下来，示意我们轻声说话，孩子们已经洗漱完毕睡着了。

OMG！这儿的娃儿们也太乖了。要知道在中国，我六岁的侄女还要手把手喂饭，吃了饭还要去参加乐器或音乐班。就算不用学习，也要玩到变成夜猫子才肯睡觉，并且，绝对不会那么自觉和独立。爸爸妈妈自由的时间少得可怜，怪不得都不想再生孩子呢！人家老外左手一个，右手一个，地上还跑着俩，不一样收拾得利利落落。中国的年轻父母们，有待改进啊！

于是心里暗暗窃笑，要偷学的不止是English，还有人家的育儿经！

第二天早上五点半，俩小家伙便守在我房门口监督我起床。我的天！早起的习惯爬阿姨还得再适应一下。早餐和午餐都得自行解决，早起也好，早起的鸟儿能吃到虫。不像在中国，每次住酒店都赶不上人家的早餐点。步行约十分钟赶bus（公共汽车），三十分钟后换乘subway（地铁），一小时后，我已经乖乖坐在学校课堂了。

周六，法国女孩的同学们来了，她们邀请我参加女孩聚会。于是，十几个人围坐在一起看英文电影听音乐吃薯片，时而安静时而叽叽喳喳得像一群刚刚出生的小麻雀，脸上还长着小雀斑。

周日，爸爸妈妈带我和孩子们一起去教堂做礼拜。我很是想感受下在那空灵的教堂里听声乐的安宁。虽是佛教徒，但我相信信仰的慧根是相通的，那便是传达爱。

他们把孩子放在一个专门"寄存"儿童的区域，带着我走入会堂。不，应该说是剧场！空旷的大堂可以容纳几千人，眼前是一个巨大的舞台。台上站着四个人，立式的话筒。简短发言后，音乐响起，四个人开始领唱。圣歌已非我想象中的传统音乐，人们全体起立，在音乐中摇摆双手，抒情处有人潸然泪下，欢乐处人们跃动欢舞。不知不觉间，我也被现场的气氛感染了，忘记自己身在不同语言不同教派和不同文化中，我和他们一样在这场类似演唱会的礼拜中感受到了"LOVE"（爱）这个神圣的字眼。

如果心存爱，这个世界还会有隔阂吗？人与人之间还会漠然吗？

感谢与时俱进的GOD（上帝）！

我的小女主人Emily

快乐的游学生活

一张地图行世界的爬行者

I love you, Kiki!

　　澳大利亚游学的日子简单轻松，自由到可以光脚骑单车上学，可以穿比基尼躺在阳光下睡午觉，可以男女同学同宿舍，可以和Brazil（巴西）的美女们在沙滩派对比舞狂欢。

　　心灵没有束缚的日子，不用在意自己是不是个明星，不用担心明天会不会脸肿，不用去想今天娱乐新闻的焦点是什么。

　　青春是自己的，自由是自己的，快乐就像小时候，纯净得毫无负担。

　　久违了，两条麻花辫子梳起来，碎花裙子飘起来，走路一蹦三跳，嘴角有少女般的微笑。泰国男生对我说：“Kiki，你长得真像明星。”法国男生对我说：“Kiki，你的笑容很sweet（甜）。”巴西男生问我：“Kiki，how old are you？”突然有一天，韩国男生在楼下喊：“Kiki，I love you！”

　　哎，年轻真好，校园真好。蓝天白云，海风盈盈，爱情随心而生，是如此的单纯无邪。

　　他叫Andy，在韩国刚读完大学还没找到工作，所以决定休息半年来澳大利亚上语言课，将来回去做一名公务员。他和几个韩国同学合租了一间有阳台的小公寓，两个房间都住满了人。于是，他一个人在客厅搭了个屏风，地上铺了块毯子，围成一个几平方米的小窝。

　　“Kiki，你在中国是做什么的？”我最讨厌别人如此问我。

　　“嗯……office lady……”

　　“What kind of your work？Do you like it？How long you……”

　　“嗯……”

　　妈呀，他怎么有这么多问题？于是我编了一大堆善意的谎言，顺便锻炼了口语。

外国学校的课程几乎是半天学习，半天在玩乐中学习。同学们一起去冲浪（在这个方面我非常没有天赋），一起在海边伴着落日晚餐；集体旅行，去夜晚的森林里探寻童话般的萤火虫世界。这一路结识了许多好朋友，尽管都来自不同的国家，拥有不同的语言和肤色，但我们都是行走在路上的年轻人，每个人身上都背负着理想和未来。当然，异乡的流浪漂泊一定会让人有孤独和心动的瞬间。

如果回到十七八，我也许真的会想谈一场恋爱，不用顾及它的真实，不怕伤感，不担心离别。但成年人的思维终不可能再放任某些情绪。

我笑着说："Andy！我们只能做好朋友。我大你好多岁，不信你看我孩子的照片。"我故意佯装出三十多岁女人的姿态，给他看手机里朋友孩子的照片。"啊，Kiki，你结婚了？……那为什么你一个人出来呢？你不用看孩子吗？你多大了？……"天哪，小朋友，你可真是个十万个为什么呀！

对不起，我并非有意撒谎。只是，旅途是梦，我们终要回归自己的生活。我要做一个遵纪守法的宅女，要做舞台上那个灿烂的明星，要保持二十八岁的理智和清醒。

分别那天，你说有一天你会来中国，因为那样也许还能遇见我。

谢谢你，我会把这份友谊存进记忆里。

也请你把这份"心动"留在青春里。

再见，蓝色的Australia！

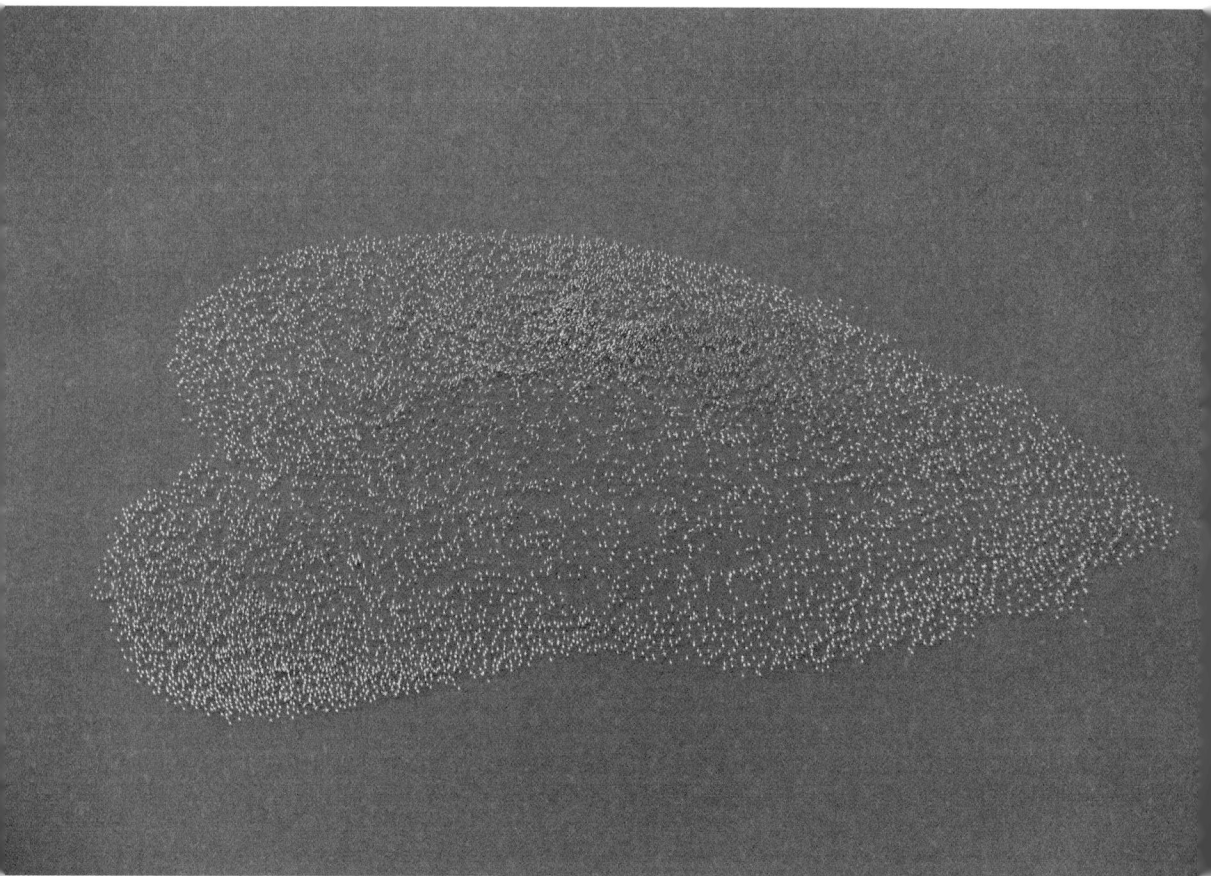

天亮了。你已在海的另一边。

——江一燕，摄于非洲

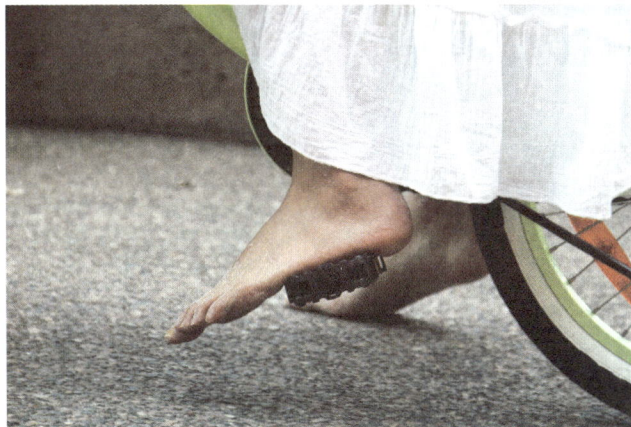

世界真小，就在我脚下。

出发Germany

捧着一本德国旅行指南，我的心在飞行途中已无比雀跃。

柏林已不是初见，但因为电影，要在那里"生活"一个多月，这才是我想要的旅行。于我而言，一个月以上的旅程都可以称之为"生活"。不是三五天的过客，不必马不停蹄地奔走，而可以真正安静地停下来，坐在某个咖啡馆，看匆匆而过的人群……

以这样的方式生活的旅程之前只在日本有过。2007年的游学，每天背着大包小包上学，买不完的"卡哇伊"的东西。坐过了站的最后一班地铁、梦境一般的乡郊温泉、京都的艺妓表演、大阪的美食、京都涩谷的十字路口……

你停下来看一座城市，这座城市才有可能停在你心里。

德国，柏林，会是什么？突然冲动地想背着包独行，用我那指手画脚的英语，还刷得出money（钱）的信用卡，以及和我分享记忆的相机。让我在旅途中好好享受下不可放弃的自由。

让我用一段冒险的旅程去辨析自己。

我一直梦想的人生到底是什么？

我为城市的混浊迷失了什么？

就让我在未知的前行中寻找答案吧……

要忙碌，也要健康，爱生活，也爱小江。

——齐玉娜，摄于柏林

用眼睛看世界往往走马观花。
用心灵感觉，世界在你心里生根发芽。

——江一燕，摄于柏林

柏林的天空

音乐真好，让我想开心地奔跑。

狂奔去一个阳光灿烂和有你的地方。

人生，问心无愧便坦坦荡荡。

起起落落，浮浮沉沉。

顺其自然便无得失可言。

遇见柏林天空。站在世界之下，人本身很渺小。

心，柔软却不软弱。直面却不妥协。

柏林天空下。

世界在我心里很安静。

柏林天空下。

一切云淡风轻。

在一个日渐被妥协的社会，
理想主义依然，活着！

——江一燕，摄于柏林

Man on the road

Woman on the road

People on the road

The world is bigger than we know

But don't be afraid, because we are on the road

非行日记（序）

如果相机可以记录下所有的美好，又怎么会在离别的时候哭泣。

人的一生也许有很多旅行，可又有几次真的会感动落泪。

美丽的非洲，美丽的博茨瓦纳，永远不要忘记她。

那些质朴的歌声和笑容印在生命的胶片里，要用一生去冲洗。

想不出更美的词给你，你说，最高的境界就是"无语"。

此刻，我完全赞同。

到今天我依然觉得自己醒在一幅壁画中。

帐篷的四周都是植物，微风拂来，夹杂着小野花的芳香。躺在床上仰望满天繁星睡觉，深夜醒来能听到狮群合唱。黎明时分，天边若隐若现的红晕美得让人无比平和。

与世无争，只愿享受这份宁静。

我这才意识到，这是非洲，真正的非洲大地。

帐篷虽还是帐篷，却是"五星级"的帐篷。

麻雀虽小，五脏俱全。馨香的小干花、中世纪的蜡烛灯、游泳用的花裹布、蚊香、干果等，应有尽有。只是淋浴和洗手间都是露天的，所以接待我们的戴安娜小姐说："但愿别下雨，要不就得打着伞上厕所了。"

因为营地的每个帐篷都深藏在各自的小树丛中，所以我只能站在马桶盖上遥望我的同伴，心里美滋滋的。身处这样的原生态，自由地躺在大自然里，不再有束缚。

裸露的不是身体而是心灵，像个天马行空的流浪汉。远离中规中举，冠冕堂皇，似是而非。

世界在我眼前，应该是这样的。

突然在想，理想是什么？没有什么是一成不变的吧。即使曾经执着的表达方式，有一天也可能改变。因为理想不被束缚，理想在生命前行中探索新的出口。

可爱的戴安娜小姐一头扎进哈拉哈里的营地，放弃了"南非小姐"的浮华生活，真的很简单，也很纯粹。我完全觉得"漂亮"配不上她，是美好，很美好。

她的左下肢有残疾，是被河马咬伤的。照片里血肉模糊的背后有一双异常坚定的眼睛，在灰暗中闪露光芒。

她说："我依然很爱这里的野生动物，很爱河马，它们是我一生的朋友。"

对天地万物崇敬，对每一个生命热爱。

——江一燕，摄于坦桑尼亚

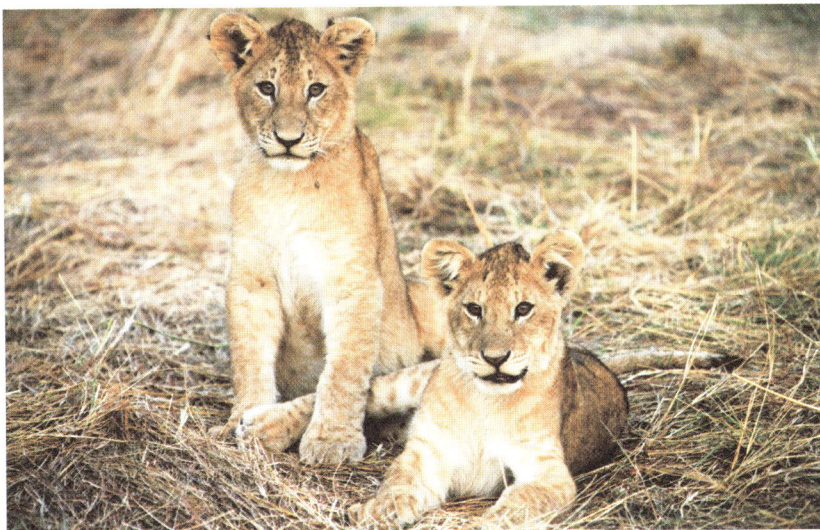

我不是猛兽，我只是有点黑眼圈。

——江一燕，摄于肯尼亚

家园

从野生动物保护专家Chris那儿学了一个新词——"Zebra"，斑马。我想很久以前的英文课里应该也听到过，只是没有亲眼所见，这词就很遥远。

当你看见几千匹斑马驰骋于无边际的自由里，你会感动得想尖叫，你会想伸手触摸。那些黑白条纹仿佛是毕加索的画笔在非洲大地上的杰作，用最简单的线条勾勒出最动人的心跳。

如果我是莫扎特，那些可爱的小家伙儿一定会立马变成五线谱上的音符。

在非洲，人很容易悟到佛学里所云的"放下"之崇高境界。

身体仿佛随时会被这片土地融化，每一朵小花，每一头小鹿，都离自己的心那么近。很容易就感受到它们的生命，所以灵魂才那么安静。

也许我曾经也是这里的一只飞鸟吧，喜欢自在地飞翔。

居住在这里的野生动物专家们都很可爱。由于此行并没有带翻译，我们的交流常常是以自由舞蹈的形式。他们给我描述各种非洲的稀有动物，有时候实在听不明白，就开始"动物模仿"。晚餐后，我们常常一起坐在星空下，找各种星。偶尔也可以小奢侈一下，用发电车接上iPod（由"苹果"推出的一种大容量MP3播放器），一起听音乐跳舞。戴安娜跳着跳着就躺在了地上，我也一个大字形倒在她身旁。我们都笑了。

只有当我们希望再靠近一些动物的时候，他们才会变得严肃："不要惊吓到动物，不要让它们奔跑得太累。"这是他们的使命。

旅行爬爬：
把快乐留在心底，把悲伤遗忘在路上

梦中有芬芳，花香漫荷塘。——江一燕，摄于博茨瓦纳

你一直是我背上的小鸟，为我指引方向。——江一燕，摄于肯尼亚

  世界物种保护联盟公布的"2000年濒临灭绝物种红色名单"中记录了这样一组数据，地球上大约有11 046种动植物面临永久性消失的危险，其中包括1/4的哺乳类、1/8的鸟类、1/4的爬行类、1/5的两栖类和近1/3的鱼类。

  这种危机几乎全是由人类造成的。专家们的估算是目前的物种中每一小时就有一个从地球上永远消亡。

  请爱护我们的家园！请善待我们的朋友！

  也许，失去它们的同时，我们也正渐渐失去自己。

三毛流浪记

　　繁华褪去，时光倒流到众人围坐在一起听着收音机刺刺啦啦谈笑风生。日出而作，日落而息，木板床，火炉旁，一个星期洗次澡。从都市来的人恐怕一时间很难承受这样的"返璞归真"，但慢慢也会懂得喜悦。当你知道今晚收工有一盘饺子，当你终于等到有一大盆热水洗澡，你会像小时候过年一样幸福。

　　小时候？那种记忆已经很久没来过。盼着妈妈做的新衣服，吃不完的桂圆荔枝，还有数压岁钱的兴奋……为什么人的快乐随着时间流逝越趋麻木？拥有的和失去的哪个更珍贵？

　　就像富翁问渔民，你为什么不想租条大船？渔民说租大船干吗？那样你就可以当船长挣更多的钱！为什么要挣更多的钱呢？那样你就可以像我这样在海边晒太阳了。可我现在就在海边享受阳光啊，渔民说。

　　花儿笑笑说，我并不需要你有多么成功，我只希望你能懂得生活的意义，活出味道。

　　我很感激，她给我的自由。她的宽容让我并未失去自我。

　　有的人在沸腾中辨析自己，有的人在宁静时才能认知。

　　有一些够用的钱，有三五知己，有一个爱你的人，和一份你爱的工作。

　　能真实而自由地活着。

　　That's good！

　　午后，玻璃杯里的red wine（红酒）融化了冰雪，radio（收音机）里传来的老歌真美，怎么怎么？就突然热泪盈眶了……

舍不得关窗是因为暮色太美。
舍不得入眠是因为你在脑海。

——江一燕，摄于北极

小城故事

　　从进入这个城市那刻起我就在想，接下来，这陌生的一切将会和我发生什么样的故事。

　　有时候我很害怕。不敢轻易对它有过多留恋，走的地方多了，心里清楚，擦身而过的那些瞬间，只独属于那个特定的地点时间。

　　也许一辈子只经过这一次。

　　所以，记忆常常是人最重要的旅行。它可以引领你不断重复。

　　都匀、旅顺、小嘎牙……我想念我去过的每一个地方。

　　在流逝的时光中，没有什么不会改变。

　　在流逝的时光中，有些东西永恒不变……

拥有快乐，才是这个时代的奢侈品。

——江一燕，摄于广东开平

记忆是旋转门。最终，我们还要回到老地方。

——江一燕，摄于广东开平

环游世界

老江：最近忙吗？

小江：不会让自己很忙。

台湾小玉：你是什么颜色？

小江：白色。黑色。

台湾小玉：旅行是什么颜色？

小江：粉色。

台湾小玉：演员小江是什么颜色？

小江：所有你能想到的颜色。

老江：你到过最浪漫的地方是哪里？

小江：罗马。

老江：你最怀念的城市是？

小江：都匀。

老江：最向往的地方是？

小江：西藏。

老江：最让你安静的地方？

小江：非洲。

老江：最堕落的呢？

小江：东京。

老江：去过最原始的地方？

小江：小嘎牙。

老江：还想再走的地方？

小江：世界！！

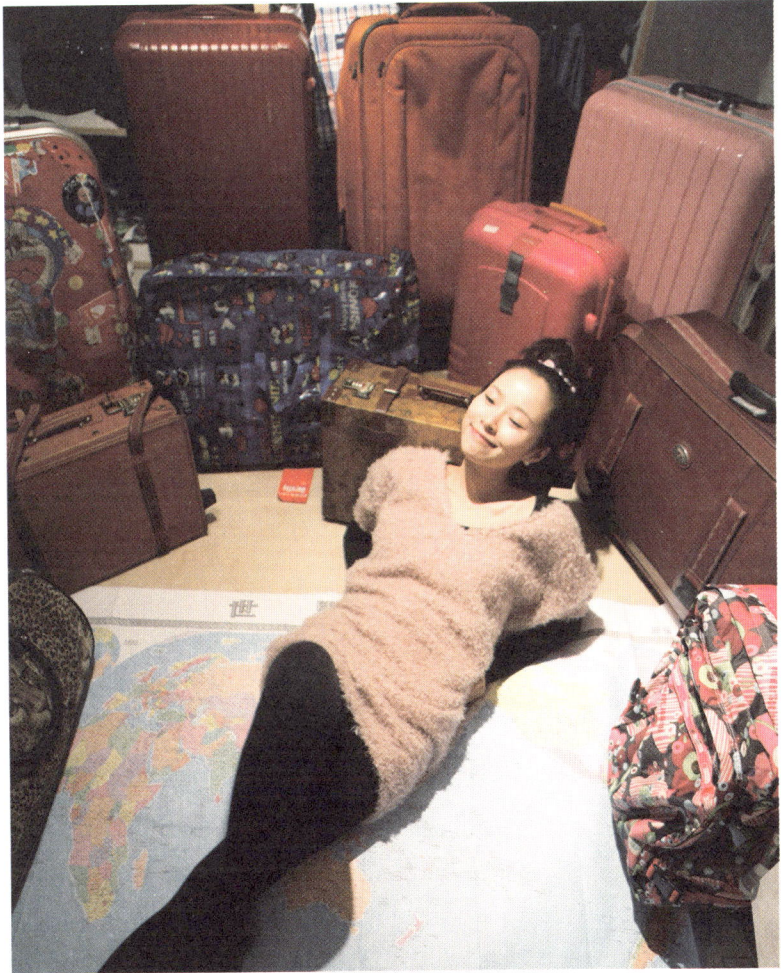

世界地图到了。我发现可以去的地方太多了。

我把想去的地方圈出来，结果发现是整个世界！

走吧！江小爬……

旅行爬爬：
把快乐留在心底，把悲伤遗忘在路上

卷毛爬爬：
可不可以不长大？

一粒纯白的小芝麻

其实她知道你怕孤独。尽管她是这样的依赖，却不如你怕孤独。

只是，要收起自己的依赖而填补你的孤独，她哪里有向你炫耀的那么坚强？

她只是个小女孩。

你走的那天，在告诉你不用担心以后，她便红了眼眶。

其实，她不允许我告诉你，关于这些。

我和爸爸

爸爸的"女儿红"

你说，这个世界上你只爱我。

那一刻，为什么我的难过比快乐更多？

一直觉得你爱酒，爱自己胜过于爱我。也许是我还不够了解你吧。你只是不停地给我买吃的，却那么少和我交流。

在绍兴有个传说，女儿出生时，父亲都要埋一坛女儿红，等到女儿出嫁时才挖出来喝。我也曾问你我有没有，你笑而不答。我就认定是你把酒偷喝了，你是个贪杯的爸爸。

如果不是你的不信任，我不会背起行囊一个人走。也许今天该谢谢你，是你在那时候挑起了我的斗志。

异乡漂泊，我离开了你。离开了你，我才明白我多么想回去。哪怕，那个人只是远远地在疼爱我。

第一张唱片发行时，买的最多的人是爸爸，他几乎搜刮了绍兴所有的音响店，还预订了几箱。你像发名片一样发给所有人，我的唱片和照片。那时候我很生气，而你高兴得又喝醉了。难道，我的一切成绩就是为了满足你的炫耀？可是，看到你那样骄傲，我又忽然不能埋怨你。谁还会像你这样为我骄傲？我相信你是爱我的。

你说这个世界上你只爱我，我难过得哭了。

我知道你并没有为我埋女儿红，那是因为，我就是你心中最香醇的那坛女儿红。看着我长大，你便一直骄傲着，醉着……

小小文艺女青年!

妈妈的卷毛爬爬

　　每个人应该都很迷恋自己的小时候吧。可是再觉得自己可爱，恐怕也不会像妈妈爱自己的孩子那样。

　　小时候，因为在幼儿园摔了一跤，妈妈就心疼得不舍得把我放在别处，再忙再累也坚持自己带我。抱着我出门让她很自豪，她说因为小卷毛独特又可爱。

　　长大后每次回家，妈妈总会在我睡着的时候坐在床边静静看着，有几次直到我醒来。我好奇怪，妈妈你老看着我干吗啊！妈妈笑笑，你好看，妈妈喜欢呗。

　　天下的妈妈都是一样的。记得林清玄有一篇写母亲的文章，当时看得我热泪盈眶，他说妈妈的心和菩萨是一样的。

　　我的妈妈其实是个很能干的女人，可她为了陪我成长，放弃了太多自己的理想。我成了她全部的事业。妈妈现在胖乎乎的，可那时候瘦到只有70多斤，生着病又要挣钱又要带我，还要料理家务。

　　小时候最自豪的事情莫过于穿着妈妈织的毛衣出门，别人总会羡慕地问："这毛衣太好看了，这花纹从来没见过，哪儿买的啊？"

　　少年反叛期的我，曾经讨厌妈妈的啰唆，很想离开家。十四岁考到了北京，送妈妈走的那天她胃疼得厉害，我们在学校门口告别，只有寥寥数语。她说，进去吧，别送了。然后，转头就走，我还没有来得及说再见，就看见她头也不回地大步离去。我不停地喊："妈妈……妈妈……别走，妈妈……"

　　妈妈的背影是颤抖的，可她硬是没有回头。

　　我想我后来的一切坚强都与妈妈有关。

　　她是个坚强的女人，我是她坚强的女儿。

　　妈妈说，她这辈子最大的成功是养育了我。

　　我想说，妈妈，我这辈子最大的幸福就是让你幸福。

我和妈妈

9月11日以后，我们都要幸福

某一年的9月11日，一个满头卷毛的小猪爬在水边诞生了。勇敢而坚定的爬妈妈从9月10日一直挣扎到9月11日。

阿姨在手术单上签下了生死状。

最后，只听那一声清脆的小猪吼，爬某就这样不慌不忙地来到人世间。

太多的祝福来不及收，就背起行囊离开。太任性，而偏偏有人纵容。

双脚踩在沙泥上，心才落定。好像被水抚弄才能够意识到自己的存在。每一寸肌肤，每一个毛孔悄然苏醒。

离不开水，又无法沉入水底。

没有翅膀飞，也就注定了爬行。

某一年的今天，起床洗漱干净，在房间看了一位禅师的生死纪录片，然后去电影院看了场电影。始终是一个人，却心静如止水。过了那天，那一年的失落心情真的在这样的平静中淡然褪落了。原来快乐不是你身边有多少人陪伴或拥护，而是可以适应任何一种孤独。

9月11日给自己一个礼物。

一张旅行的机票，飞去一个海岛。

一个小小的房子，住进自己的世界。

一顿大餐，和众朋友狂欢。

别人说处女座的女生，永远征求别人的意见却不改变自己的决定。

嗯，我祝我生日快乐。

我谢谢祝我生日快乐的所有可爱的朋友。

面朝大海，心比世界大。

9月11日开始，但愿世界和平，众生安宁。小爬爬开心。

是你带给我生的力量。——江一燕，摄于非洲

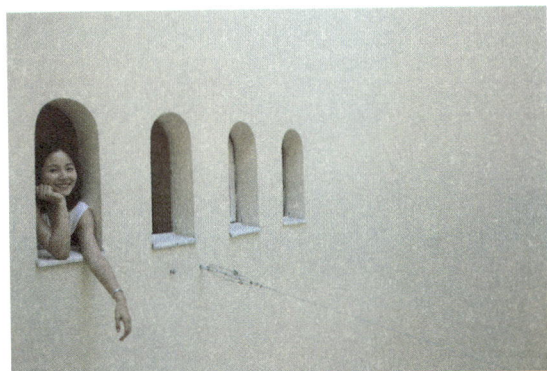

清晨的阳光，你带给我快乐的能量。——齐玉娜，摄于德国

Lolita

双脚触碰大地，让灵魂自然万物飞跃。
这是最自由无束，浪迹天涯的爬行者。

——董亮，摄于三亚

　　如果不是你忽然吻了我，我都还不能吃惊地意识到自己的生活清淡得像妈妈做的南方菜。

　　想象是甜蜜的奶油蛋糕。

　　想念却是贪婪的折磨。

　　于是睁开眼，天空透蓝得让人瞬间有挣脱的勇气。可是，这样的晴朗却又偏偏混合着五级大风。

　　我才明白，这是多么危险的美好。

　　彩色的风筝带着梦想折翼在窗前的大树上。透过斑驳的光线，我隐约嗅到它的悲伤，这是多么危险的飞翔。

　　请握紧你手中的线，请保护好那对柔软的翅膀。

　　即使你已经飞到我向往的地方。

　　而我，请让我继续清静着我的清静吧，那是多么有力量的忍让。

　　我活在自己的身体里，我无畏谁会留下遗憾。

　　其实，想一个人挺好的。你笑着说。

慵懒的想象

楼道里弥漫的饭香，忽然让我觉得自己还是那个背着书包，饿得饥肠辘辘的小姑娘。

脑袋里回旋着一句歌词："工作了一整天，只喝了一碗冷汤。"

回家还是工作？原来，太过于认真比不认真更可悲。大概我真应该多想想自己每天吃什么。

终于，幸运不是唾手可得的。有时侯，得到幸运后比不曾拥有时还需付出更多。

我不算努力的。比起我的老师，一个常年每天只睡三四小时的文艺男青年。我在想，如果拿他的成功换我的睡眠时间，我不愿意。

仔细想想，我那一点点小小的幸运其实也是那些多年来琐碎的努力拼凑的。在我特别悠闲的时刻，回想刚开博时的崩溃状态，还会觉得是在看另一个人的生活。

那些整夜不睡、每个角落都是歌词的日子，从不能睡到睡不着，精神的力量比任何安眠药都顽强。最后我在日本买了一瓶比国内贵二十倍的黄酒，睡前当白开水喝下半瓶，总算，那一点点家乡的味道，让我晕眩了。

妈妈总劝我别太努力，可我骨子里偏激的小资和不忿产生了强烈的化学作用。执拗于想要做的事情，比外表坚定得多，也不知道这算优点还是缺点。总之，我不能再要求自己太多了。

现在的任务是，去吃饭，去看场电影，然后好好睡觉。明天醒来就可以见到我的宝贝妈妈。

只要与工作有关的，通通都不想了。

故乡

我无法不眷恋你,即使我又将离开。

你温柔的怀抱,是我最安全的臂膀。

在我的血液里,一半如水清澈,一半似酒浓烈。

我现在知道,都是因为你。

枕河而居,闻酒香而醉……

多么幸运,我是你的女儿。

绍兴。

家乡就像宗教,在你心里。

——江一燕,摄于绍兴

艺术的幸福感

美好，是永恒的向往。——江一燕，摄于广东

阳光只露出一丝端倪，被晕红的天空衬托得无比美艳。

忧伤的旋律依然可以麻醉细胞，身体酥软地依赖着晨窗外的世界。

每个城市都有自己独特的美。

用艺术的眼光去探寻，残缺的不完整也可以完美。

摄影师、画家……是属于可以为任何一点美陶醉的人群。

多么敏感。一个眼神、一片树叶、一座将要被推倒的老房子，会在小小的心里掀起一片涟漪。我知道，它们有太多的故事。

孩童时过节的片段一直封存在记忆的某处，供成年后一个又一个除夕拿出来回味。欣慰的是，很多理想实现了，感慨的是，不管你现在拥有多大的能量，该失去的都会远去。

小时候外婆家的平房小院，像极了动画片里蓝精灵的石头小屋，进门时大人们总要猫着腰，孩子们喜欢坐在门沿上。江南的潮湿与冰冷，显得阿姨们伸手递来的热水袋格外窝心。一间不到五十平方米的石头屋，一张围着十几口人的大圆桌，一张梳妆台，一张常年挂着蚊帐的老式木床，还有角落里的马桶。这是外婆的主卧，也是每到过年时候我们的小天地。现在想起来，那时拥挤又寒冷的年夜却拥有让人无比怀念的热闹与温馨。

外婆的小院子一点点大，春秋天种黄瓜。刚摘下来刺还扎手的南方小黄瓜，是我之后再也未能尝到过的鲜脆。冬天舅舅领着我们在这里放炮仗，女孩儿们躲在门后，吓得要命，双手捂着耳朵，只敢露出一只眼睛偷看。下雪了，我们就在小院里堆起一个巨大的雪人，还偷一根胡萝卜做它的长鼻子。

后来，石头屋拆迁了。外婆住进了她一直无法适应的公寓，失去了小院子和敞着门的邻居。她总是一个人坐在房间里打麻将牌，打发时间。她说："房子不漏雨了，有独立卫生间，有席梦思床，有空调，但怎么就觉得这么冷呢？"

年夜饭改在酒店吃了，满桌的菜，满台节目，满城炮仗，但再也找不到小时候的那种兴奋。越是富丽堂皇，快乐却越稀少。孩子们难得凑在一起，也不会再像小时候一样打闹。姐姐嫁人了，小侄女快要上学了，我远在异乡，弟弟妹妹也都工作了。聊的话题从天马行空的理想变成了家长里短，就连小时候贪玩淘气的老虎弟弟也开始背负起一个成年男人的责任，隐忍自我，以孝为先。我惊叹于他的懂事，给他微信："你是个好弟弟。"他回过来："你是个好姐姐！"这样的对话有些酸楚，也有感恩。感恩历经，让我们更理解，感恩时间，让我们长大成人。我们的生活里不再只有甜蜜和宠爱，多了付出与担当。

舅舅走了，2012年1月肝癌晚期。顽强地挣扎了一年多，大夫都说他是个奇迹，执着地与死神对抗，尝尽人间苦痛。我不敢想象，只常常回忆起小时候，那个最爱逗我们玩的舅舅。他不会再围坐在我们中间，挠我们的痒痒肉，给我们的口袋塞上一个个小红包。但我也没有那种切骨的悲伤，甚至觉得一个人的离开或存在只是时空的变化。是因为我长大了吗？仿佛某些根深蒂固的东西已存在于记忆深处。失去是无可逃避的真实，却也只是一种表面现象。记忆中的舅舅会与我的精神一并存在着。

　　不知从何时起自己对死亡有这样的认知，能将恐惧化为平静，将悲伤化为坦然。也许，是因为洞悉了生命。无法预料的每一天，改变每秒都在发生。从外在的环境、宇宙，到我们体内的细胞、思维。失去了，拥有了，历经了。

　　如孩子对未来充满好奇，如青年满心斗志，如成年人般化解风雨，如智者内心安宁。

　　我们长大了，才懂得要珍惜的不止此刻，是生命中历经的每一刻。

后排：初为人父的小姨夫，在邮电局工作的爸爸，那时的妈妈是公园的女摄影师，在手术室签生死书让我平安降生的大姨。
前排：我的小姨特别疼我，妈妈说四岁的我就特别有个性，外婆是越剧团的名角，怀里抱着的胖弟弟现在已经是帅帅的人民警察，我的表姐总有比我漂亮的新衣服，那时的舅舅还未婚，是个愤青。
PS：照相的是我大姨夫，当年工作于凤凰照相馆。

当时的月亮

故乡，意味着永恒。

——江一燕，摄于绍兴"女儿红"酒厂

谁念西风独自凉。萧萧黄叶闭疏窗。沉思往事立残阳。

被酒莫惊春睡重，赌书消得泼茶香。当时只道是寻常。

温柔的黄昏，阳光温暖不了某种思绪。没有表情，清冷得如同一尊塑像。

寂寞一滴一滴落下来，洒在被晾干的泥土上，瞬间裂开成斑驳的忧郁。

所有人看着我。可我找不到我。只有双脚赤裸地踩着灼热，才被烫醒一丝回忆。

多么熟悉的开始。

多么陌生的结局。

当时？当时，为何你沉默得如此矜持。

原来，所有的不安都是因为太想你。

有多久没见你。

倏然转身，女孩像个小女人。

你还记不记得？

那个在府山脚下，呆呆望了你一夜的小姑娘。

有多久没见你，

当时的月亮。

离开你，所有的缘分都带着圆缺。

而当时，我怎么只觉得寻常。

而当时，我并不知道，这一走，就是十年，也许更长……

江南就是这样，可以安静地待在家里一天，
偶尔去阳台听听雨，和猫咪睡个午觉，陪妈妈耳语说心事。

——江一燕，摄于绍兴

小镇的傍晚。人们穿梭于朝九晚五的车水马龙。鸣笛声，孩子的笑声，二楼厨房飘来的饭菜香。每一个窗口都渐渐点燃了温暖。而我从梦中醒来，孤独地行走在异乡的寻梦途中。

妇女一二事

　　一大早起来看见我们家"好玩儿"（母）对着窗外飘零的雪花若有所思，这一沉默的背影持续了几小时。而身边的"高兴"（公）打着小鼾睡得四仰八叉，一闭一睁也过了几小时。主人爬某边喝着小茶边感叹：自古以来，还是女子比较有情怀……

　　话说下雪，今年真的好神奇。春节回绍兴，大年三十上午还是阳光灿烂，晚上却开始飘雪，把初一兼情人节的小城衬得格外纯洁。元宵在北京，鞭炮声中雪花悄然而至，把团圆和吃汤圆这事衬得尤其浪漫。今日的北京城又是白茫茫一片，一夜的惆怅已是豁然开朗。打开手机才知——妇女节！怪不得，好日子都要下雪！

　　妇女"好玩儿"，今天格外特别。当我躺在沙发上看斗斗送给我的《等云到》，她突然从另一个沙发跳到我身上，用一双不知道在想什么的深邃大眼睛望着我，突然上来舔了下我的脸。一时间我涌上一股强大的感动，如果不是意志坚定，眼泪就下来了……当然，如果亲吻我的那个是"小乖"（小江的宠物小狗），我也就习以为常了，可这一次居然是高傲无比的妇女"好玩儿"啊！

　　"好玩儿"和"高兴"刚到我家时，我还没习惯用猫的方式去"养育"他们。他们的饭量每天和小乖是一样的，两顿，每次还不能吃多，因为小乖总是暴饮暴食。结果，他们每天不停地叫。两个星期后我带去宠物店时发现他们已经比同龄的小朋友小一半，以至于我的朋友来家里时说，这灰灰的小东西到底是猫还是老鼠？这件事让我愧疚了好久。

尽管我给他俩取了如此喜庆的名字，他俩却总是不爱搭理我。每次我都蹲在地上用各种好听的声音诱惑，结果也只是热脸贴冷屁股。唯有放猫粮的时候，他们才会变成不知道从哪儿蹿出来的"飞猫"。每次我回家，他俩也不会来个热乎乎的迎接，这些都和小乖形成了鲜明对比，我的心有时比冬天还要寒冷。

但时间久了，我突然觉得他们很独立，能给主人很多个人空间。有时候你出差一两天他们也可以好好照顾自己，不像小乖属于死缠烂打型。他们不是天天依赖，只是偶尔给你一点亲密，那就让你眩晕……很容易被征服，果然是猫性哈！

现在他们已经学会坐在门口等我回家，在到点的时候呼唤我起床，会在我同他们说话之后"喵"一声，让人觉得好幸福。可能我的幸福点本来就很低。但在这个寂寞的人类社会，这些小小的动物居然可以和你用心交流，愿意倾听，你会觉得他们比很多人更能读懂你的话语。

"好玩儿"和"高兴"相爱了，他们总是相拥而眠，妇女"好玩儿"把胳膊整个放在先生"高兴"的肚子上。这些细微的景象，让我们傻乎乎看着的人也觉得无比温暖。虽然有时候他们也打得不可开交，但对于幸福生活来说，那不过是调味剂罢了。

"好玩儿"和"高兴"，那，我叫"开心"！

——江一燕，摄于北京

突然想到,为什么今天"好玩儿"小姐如此直接地亲吻了我……一定是在欣赏完雪景之后，她内心感触万千，意识到自己的生活特别完美：有一个至爱的男友，有一个懂她的女主人，作为一只母猫，幸福其实就是这么简单！

于是，她走到我面前,轻轻吻了我的脸，然后默默在心里说了一句："主人,节日快乐！"

云上的日子

不要让所谓的欲望困扰你。

不要让更多的名声折磨你。

不要因别人的言论束缚你。

不要为你所不能的而改变你。

让心灵隐退到属于它的宁静角落，平缓地呼吸。

那些让你累的，不过是时间长廊中的一瞬间。

与其在意别人在乎你，不如找回自己。

生命如此短暂，遗忘比赞许来得绝对。

飞行的日子里，

让心灵先于身体而飞跃吧。

慢下来

谁懂得你内心的忧伤，只有自己才能化解命运的无常。

——江一燕，摄于美国

一个老演员问我，幸福是什么？疲惫的我，一时无言以对。

追求理想，追求完美，证实自己，不断向前，这些算是幸福吧！老演员摇摇头，幸福是该吃饭的时候好好吃饭，该睡觉的时候好好睡觉，玩的时候专心玩，工作的时候享受工作。

我侧头回望，午后的阳光透过房檐散落在他脸上，那些深邃而神秘的皱纹仿佛藏着许多故事。想来，与他工作了那么久，我竟然没有时间仔细观察过他。是啊，这些原本简单的幸福根本就不在我们的追求范围之内，可也正是这最基本的生存规则早已被我们的盲目追赶甩在九霄云外。

吃饭的时候想着各类工作进程，睡觉的时候担忧还有什么未完成，工作的时候已无限烦躁，该玩的时候累得只想睡觉。恍然，吃饭不香了，小小年纪要靠安眠药睡觉了，工作不是享受，又哪有情绪玩？

忽而羡慕那些远离城市的山里人，可以用一天的时间坐在山头发呆。用如此慢的节奏感知自我和周遭。同自己唠唠心事，亲吻花儿的香气，听鸟儿对话，打望田埂上的邻居，收集山间放学娃娃的笑声。感受到饿了，困了，感觉到自己每个器官的意识。

而此时此刻的我们呢？

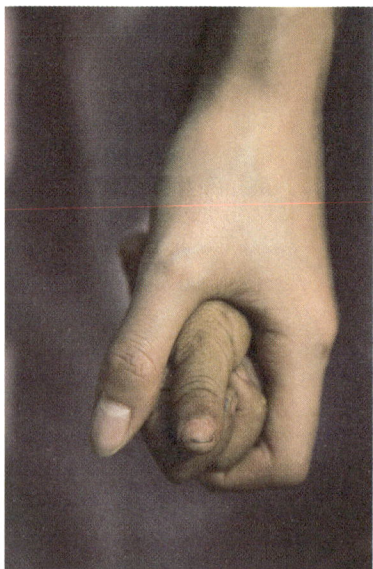

　　若给一天的时间在林中坐下来，不出一小时定已如坐针毡。若没了手机，没了电脑，发不了邮件，该多么惶恐和忧虑。城市里的我们固然比他们富有，可以花钱去排毒、做瑜伽、去按摩、吃养生大餐，但心灵的污浊呢？并非有钱就可以治愈的吧。没钱的人不一定精神贫穷，有了钱，也可能是最穷的人。

　　2011年，一个叫小悦悦的女孩被无情的车辆碾压。但最无情的却是这些在城市追赶的人们，无数成年人行走在自己的路上，竟无视这个生命，一个渴望有人拉一把的灵魂。最后，是一个年迈的拾荒老太太抱起了她。那是一个在世俗看来肮脏、贫困的社会底层。但，到底谁的心灵更纯净呢？

　　我们冷漠，因为彼此不信任。我们麻木，因为只关乎自己。我们窥探别人的自私，我们又何尝不是无情。我们正丢失自己的灵魂。如果这是人与人交往的基础，那也将是道德文明的堕落。也许，真的是我们走得太快了，忘了拥有的意义，忘了人该有的本能，忘了人之初的内心。

　　也许，我们真的该试着慢下来，留下一些时间重新审视我们的生命。

不只是我们付出了多少，
而是我们在付出之中放进了多少爱。

——江一燕，摄于绍兴

如果你遇见我的箱子

我的小红箱子，陪着我走过很多城市，已伤痕累累。

不曾在意它的心事，它却装下那么多坚持。

明天又要带着它飞，飞到一个陌生的国度，那个听起来熟悉的城市。

我亲手为它编织一件新的clothes（衣服），才知道每一点伤都隐藏太多的掩饰。

它从来都不说，只是默默地跟随我，走过每一点寂寞。

如果你遇见我的箱子，请喜欢它的样子。

如果你遇见我的箱子……

别忘了那个熟悉的影子。

小江的话

　　都说每过七年是生命的交叉点。仔细回想确有巧合。第一个七年，我的自我意识里出现了"孤独"这个词。第二个七年，我按捺不住的叛逆冲出身体，于是一个人背包离乡远行。第三个七年，我疯狂于爱情的热烈与痛楚，虽然，那时的我们不懂爱情。第四个七年，有一天醒来，我突然意识到自己皮肤里的胶原蛋白流失迅速。于是我贴上各种面膜，但身体的自我变化已不是补一觉或者贴几张面膜可以控制。

　　新的烦恼每一天都有可能突如其来。但，你发现现在的你并不像过去那样惶恐和悲观。你回头看见，**那三个七年仿佛是你曾经遇见过的三个女孩，她们留于你的身体却不再是你**。现在的你，与自己和解，对世界有辨析。

　　爱情和理想远离了酒精。生活如一杯清茶，香醇久远。

　　在人生的这四个七年里，对时间有过不同的期盼。七岁的时候不理解人为什么会死，总梦见自己死了。十四岁的时候盼望长大，一颗自由不羁的心以为长大了就可以掌控世界。二十一岁扬扬得意，不吝啬挥霍时间，仿佛青春无限漫长。

然而二十八岁了，恍然大悟。时间真是生命的上师。他们引领你穿越每一个七年，完成每一次蜕变。你永远不知道下一个七年会怎样，但你却越来越清楚过去的七年对你意味着什么。

由此，女孩不再害怕时间，反而对生命充满了期许。因为她确信她正朝着一个更好的方向前行。

也许我不再是过去那个小女孩了，但她们成就了今天的我。而今天的我，又将是下一个我的引路人。

未曾摔倒，便不懂得保护自己。未曾痛苦，便不知平静的美好。时间诚然是残酷的，因为在记忆里它不过是几个瞬间。但它又如此之神奇，那几个瞬间承载着满满的历经与转变。

在这本书里，有小女孩的天真，也有小女人的些许感悟，愿与你们分享曾走过的点点滴滴。

感谢一直陪伴着我的爱我的和我爱的你们。

2011年8月20日
北京——温州飞行中

走在路上，遇见很多事，也看淡很多事。
唯有人与人之间的情谊是无价的。

流浪的　姑娘

在万米高空舷窗外的深寒中
我看见过平流层机翼折射的炫目阳光
我看见过麦金利峰尖闪耀的温暖霞光
我看见过地中海海面泛起的粼粼波光
所以，长路上我未曾感到过孤独

在东六时区此刻的黑暗中
我担心日出后阳光城的阳光不再明媚
因为，你是照亮我的那束光

一路骑车到村落，正如多年前一个人在树林中骑行几个小时，终穿越茂密的绿色遇见豁然开朗的蓝色大海。那份执着之后的喜悦至今难忘。后来，在这片大海边，我拥有了自己的小家。这是探寻者的骄傲，我们不愿被命运安排，我们一路寻找生命中的未知和自己的喜欢相遇。

　　沿路会看见什么你不得而知，但你总在经历和发现着。从路过芒果林，到路中央挡路的鸭鹅，骑着车开路过去，它们被吓得一哄而散，就这样一个人边骑行边乐出了声。所谓的"小确幸"有时候就是那么小和平凡。小路的前方农田翠绿，一望无际，大地的芬芳和农家的炊烟饭香扑鼻。满眼留恋，一路骑行，感知当下的每一刻，期待前路的未知。村子里的老房子和新楼错落，如同时光延转，光影变幻。喂鸡的爷爷看见走进他院子拍照的我，没说话地继续忙碌着，看我推车要离别时才突然乐呵呵地说了一句我听不懂的海南话，只觉得很温暖，他们对人没有防备没有抵触，简单的眼神就像是自家人……路遇打鱼的渔民，船开出去很远看见拍照的我都挥手傻乐，好像我就是他们村子的某个姑娘。这小小的感动如此真实，却在城市里久未碰触。有时候我在想自己为什么那么爱大自然、村庄，我想是这天地间简单的气息和融合，是人们最初始的感动。

累了就停下来，找块大石头坐下开始写文字。生怕记性不好的自己错过某个细节。一抬头，一头小牛摇摇摆摆走过来，想给我的座驾和它合个影，激动得半天没找对快门。小牛过去了，小母猪又来看望我这个外村的陌生姑娘，这下我可逮着她好一通拍，怀着孕的她终被我的热情吓跑了……

生命若只如初见，就这样清清静静，可好？

我想我就是一粒大自然的种子，在天地万物间发芽，变成了姑娘。

如果给我一颗大树，我愿在她的臂膀下睡个午觉。

如果给我一夜星空，我会数着她们睡着……

如果山间有小溪，我想光着脚丫问候小鱼……

如果……

我就是这样一个姑娘，

小江。

终于相遇

多年前，因为未曾到达而错过的一段爱情，你还记得吗？

那个女孩，和所有女孩一样，平凡得如此可爱。

所以每每想起这个地方，都会有些感伤，也会如她般倔强。

每个人都会问，如果那时候蒙蒙去了西藏，现在，她和李然是不是还在一起？

戏如人生，人生如戏。

生活中的种种错过，又何尝不是无奈。

我跟自己开玩笑，将来谁带我到这个地方，我就要嫁给他。

许多年过去了，最想去的地方却一直无缘。曾经有人许诺，誓言却在时间中飞散。

我以为的生命终还未给出答案。

茫茫旅途，孤独，流浪。

谢谢这十年里，志同道合的小伙伴用不同的方式到达过，带着我的灵魂，带着最纯净如初的心愿，前行。

所以有一天当我到达这里，我未曾陌生。

我感知到期许已久的召唤，在暗涌的隐耐之下全然触发，身体的每一个细胞亲吻这片灵魂之地，我甚至觉得自己就属于这片山川沟壑，在前世，生生世世一定有着某种牵引。如果不是十年的等待，也许我的感知不会如此深刻。但我知道，我一定会到达。并且我以为的，正如我以为的那般模样。

生命中的许多事，冥冥之中不尽然相同，很奇妙。

终于，相遇。

亲爱的周蒙，我会带着你的灵魂，融于这有灵的天地之间。

愿你，幸福。

2015.12

西藏

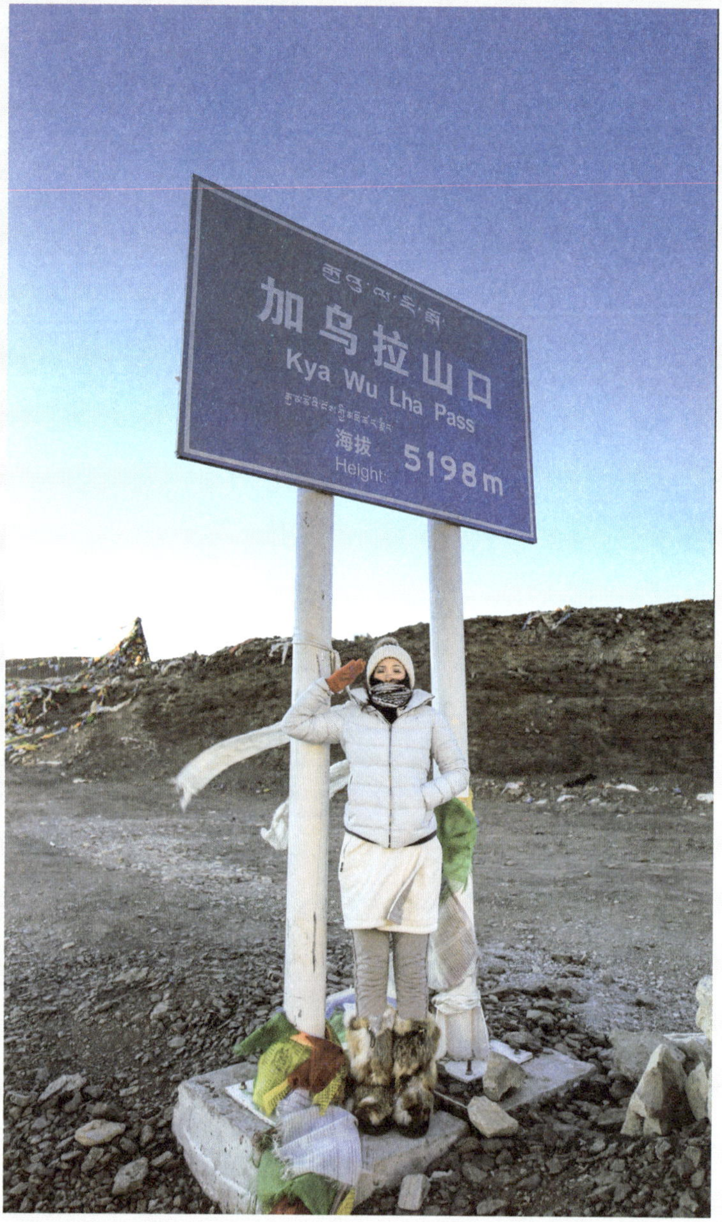
加乌拉山口
Kya Wu Lha Pass
海拔
Height
5198 m

七十七天

很多时候，拍电影不只是拍电影，更是一次心灵的旅程。

我问宾哥，你为什么拍这部电影？

原来，我们的答案是一样的。

都说，藏族的祈祷是为众生。而这里，众生眼睛犹如天空清澈、执着。

小赵导演也是这样一类人。

可以为了梦想而放弃现实的人。

这让我审视自己，是否对电影和自己如初？在一直被批判的理想主义之下，还保有倔强。

嗯，旅途让人认知自我。

电影也是。

也许还可以回到最初，不是为了拍电影而拍电影，也不是为了生活而苟且地活着。

就这样，无欲无求，坦然如初。

感谢生命　感谢我的工作与艺术有关

最大的获奖者是　爱

江一燕人物写真摄影：晏斐　赵汉唐　高运

图书在版编目（CIP）数据

我是爬行者小江：新版 / 江一燕著、摄. --长沙:湖南文艺出版社, 2016.5
ISBN 978-7-5404-7552-9

Ⅰ. ①我… Ⅱ. ①江… Ⅲ. ①中国文学—当代文学—
作品综合集 Ⅳ. ①I217.2

中国版本图书馆CIP数据核字（2016）第063462号

上架建议：畅销·文学

WO SHI PAXINGZHE XIAOJIANG
我是爬行者小江：新版

作　　者：江一燕
摄　　影：江一燕
出 版 人：刘清华
责任编辑：薛　健　刘诗哲
监　　制：蔡明菲　潘　良
策划编辑：李彩萍
特约编辑：张思北
营销支持：李　群
装帧设计：利　锐
特别支持：卢　鱼
出版发行：湖南文艺出版社
　　　　　（长沙市雨花区东二环一段508号　邮编：410014）
网　　址：www.hnwy.net
印　　刷：北京缤索印刷有限公司
经　　销：新华书店
开　　本：720mm×1000mm　1/16
字　　数：191千字
印　　张：17
版　　次：2016年5月第1版
印　　次：2018年2月第3次印刷
书　　号：ISBN 978-7-5404-7552-9
定　　价：45.00元